文芸社セレクション

（天こ盛り）暇人クラブ Part2

～上方落語を救え！之巻～

ながい やん

NAGAI Yan

JN087050

文芸社

目次

主な登場人物

僕・綾小路公友《あやのこうじきんとも》（綾《あや》・麻呂《まろ》）

「いかなる難事件でも解決する」が謳い文句の『イマジンクラブ』。だが、その実、暇を持て余し、『暇人クラブ』と呼ばれる万相談、何でも屋の庶務・経理その他雑用を担当。公家の出。京都R大出身。優柔不断な性格。サイコの幼馴染で恋人。

天野冴子《あまのさえこ》（サイコ）

『暇人クラブ』オーナー社長。Kyou・Amano代表の資産家・天野宗一朗《あまのそういちろう》の一人娘。僕の幼馴染で恋人。ハルクの従妹。京都R大出身。元癒し系アイドル。顔良し・スタイル良し。天真爛漫だが、性格悪し。サイコキネシスの持ち主。

アドルフ・アインシュタイン（博士）

ドイツ人。『暇人クラブ』リーダー兼技術担当。京都R大出身（留学生）。「世紀の錬金術師」の異名をとる発明家。頭脳明晰。沈着冷静。日本文化をこよなく愛する親日派。

金剛源一郎《こんごうげんいちろう》（ハルク）

『暇人クラブ』実働部隊。サイコの従兄。哲学君と大学同期。勧善懲悪の肉体派。身長一九一センチ・ベスト体重一一〇キロの超合金？　の巨漢。空手・レスリングが得意。プロレスと『三国志』が大好き。「短答式のハルク」「隠れ吉本」の異名。

堺屋商太《さかいやしょうた》（商人君《あきんどくん》）

泉州堺の生まれ。『暇人クラブ』渉外担当・実質的経営責任者。自由都市堺の商人・堺屋商右衛門《しょうえもん》の末裔。天野宗一朗《あまのそういちろう》主催『洛東フォーラム@21』の元塾生。口八丁で無類の商売好き。

梅原龍太郎《うめはらりゅうたろう》（哲学君）

形式主義者。『暇人クラブ』作戦参謀・記録担当。ハルクと大学同期。ヘーゲル哲学を信奉。難解な哲学用語と弁証法が好み。無類のメモ魔。

阿弥陀池尚《あみだいけひさし》（和尚さん）

『暇人クラブ』最年長の居候。浄土真宗大谷派末寺の住職の家系。念仏三昧。無類の将棋好き。温厚な性格。類稀な法力の持ち主だが、謎多き人物。

金剛《こんごう》ぎん（おかん）

ハルクの母。下座・鶴亀社中の三味線弾き。「ヒョウ柄おぎん」の異名をとる典型的な大阪のオカン。

相《あい》田《だ》敏《びん》一《いち》（ダビンチ）

但馬朝来の生まれ。ひばりの弟。油絵・彫刻の達人。芸大助手。妖怪絵と推理小説が趣味。

二代目桂《かつら》雲雀《ひばり》（ひばり）

上方落語界きっての美貌と人気を誇る女流落語家。燕雀の末弟子。ダビンチの姉。

三代目桂《かつら》燕雀《えんじゃく》

上方落語当代随一の名人。ひばりの師匠。東の圓宝、西の燕雀と並び称される人間国宝。生家は大阪船場の薬種問屋。

六代目入船亭圓宝《いりふねていえんぼう》（氷川の師匠）

江戸落語当代随一の名人。人間国宝。勝海舟の末裔。赤坂氷川町に住む生粋の江戸っ子だが、ＩＴに強い。

序ノ章　嗚呼、憧れの…

其ノ壹

東西、東西～。この度は、かくも賑々しくお集まり下さり、篤く御礼、申し上げ奉ります。

なんて堅苦しい挨拶は苦手だから、普段どおり話します。お久しぶりです。綾小路公友です。『暇人クラブ』の…。あれっお忘れですか？　まぁ仕方ないかぁ。この前皆様にお目にかかってから、もう十年以上も経っちゃいました。

では改めまして、僕、綾小路公友。仲間うちでは、綾か麻呂で通ってます。「如何なる難事件も想像力を駆使し、スピーディかつクリエイティブに解決する」が謳い文句の万相談『暇人…』もとい『イマジンクラブ』の庶務・経理その他雑用をやってます。

われらが『暇人クラブ』…うん、断然この方が言いやすい。一〇〇％自己資本の優良企業と言えば聞こえはいいけど、経営状態はいっつも火の車です。

メンバーは、オーナー社長のサイコこと天野冴子を筆頭に、リーダー兼技術主任のアドルフ・アインシュタイン博士、経営を実質的に切り盛りしてる渉外担当の商人君こと堺屋商太、クラブ唯一の肉体派、実働隊長の短答式ハルクこと金剛源一郎、作戦参謀兼記録担当の哲学君こと梅原龍太郎、そして最後に控えし謎の御仁、和尚さんこと阿弥陀池尚に、僕を加えた計七名。凡人を絵に描いたような僕のほかはみんな、個性豊かな面々です。メンバーのキャラや逸話は並べ上げたらキリがない。ご興味ある方は前作『徐福のお宝を追え』をご覧下さい（と作者に成り代わり、売り込みしときます）。

さて、前口上はこれぐらいに、今回は如何なる難事件が舞い込んでくるか、皆様、乞う御期待！

隅から隅まで、ズズズイ～ットゥ～、御願い申し上げ奉りまするぅ～！　チョンチョンチョン（柝の音）。

其ノ弐

「ちょっと、ちょっと～！　なんで綾が口上言うの？　主役は私でしょ。なしていっつも、しゃしゃり出るのよ？」

サイコはブスッとして、隣の僕を睨んだ。

「仕方ないでしょうが。僕が進行役なんだから」

「そうやってまた、社長に口答えする。ほんと綾って、可愛くないわ！」

相変わらずの憎まれ口だが、言うほど機嫌が悪いわけじゃない。ある意味、お約束のツッコミみたいなものだ。

もっとも近頃流行のTV番組の影響か、事あるごと、五歳ならぬ「永遠の二十歳」を売りにするのには、正直辟易《へきえき》する。ICOCA定期の購入ならまだしも、事務所の移転契約書まで生年月日を誤魔化そうとするのはちとやり過ぎだ。


あっ、ごめんなさい。話が脱線しました。さてここからは口調を改め、僕達は『暇人クラブ』をメて七名全員打ち揃い、例の如くサイコの気紛れ…もとい、社員への心配りにより、かつて大流行した憧れの慰安旅行のため、特急はまかぜの車中にあった。目指すは勿論、慰安旅行の聖地・城崎温泉。飲めや歌えのドンチャン騒ぎだ。

宗一朗おじさんの話によると、その昔、会社勤めには大抵年に一度、週末に泊まりがけで温泉地を訪ね、無礼講の大宴会があったと言う。「土曜の『半ドン』、貸切バスに大量のビールやワンカップを積み込んで…」と、懐かしそうに目を細めてた宗一朗おじさん。すぐには言葉の意味がわからなかったが、「半ドン」という何だか気っぷの良さそうな言葉とともに、今は死語同然の慰安旅行の泥臭いイメージが、逆に僕達には、とても新鮮に感じられた。

哲学君曰く、慰安旅行は「日常を活性化させるための非日常の演出」「人間の心の闇に棲むトリックスター（道化）の解放」…?? 相変わらず哲学君の解説は、難解（商人君ならきっと高野線と続けるだろう）でよくわからない。それよりサイコみたいに、素直に感情を表現する方がわかりやすくていい。

ただ難点を言えば、鯉幟棚引くこの季節に、何でわざわさ城崎温泉なのか。城崎と言えば冬の松葉ガニ。カニカニづくしの食べ放題と相場は決まっているはずだが、如何せん、言い出しっぺのサイコは海老・蟹の甲殻類が大の苦手。それなら別の温泉地でもよさそうだが、何故かしらサイコは、慰安旅行の泊まりがけは城崎、日帰りは有馬…としか頭にないようだ。

何はともあれ、特急はまかぜの車中。列車は山陽本線姫路から播但線に入り、往事銀山の街として栄えた生野の山間を抜けて、天空の城・竹田城址の近くを快調にひた走っていた。

「♪　シャララ～ラ　シャラララ～ラ　シャララ～ラ　シャラララ～ラ…」

小首を振りながら、ハイロウズの『日曜日よりの使者』を口ずさむサイコ。宗一朗おじさん自慢の地下オーディオルームを物色してて、偶然見付けたブルーハーツにはまって、すっかり甲本ヒロトのファンになった。特にこの『ゼブラーマン』のテーマソングが出るときは、間違いなく上機嫌だ。

そんなサイコを横目に、僕は通路を隔てて、斜向かいの商人君の顔を覗き込んだ。

「こんなことしてて、大丈夫？」

「大丈夫もなんも、旅行費用は全部サイコのポケットマネーや。会社の銭はビタ一文出せへんって、釘刺しとる」

「でも、こんなのんびりしてて、月末の支払い、工面できるの？」

「無理！」

間髪入れずに商人君。暇人の万年赤字は誰もが周知の事実とはいえ、気持ち良いほど、鮮やかな即答だ。

「南無阿弥陀仏、南無阿弥陀仏」

商人君の金策の苦労を知ってか知らずか、和尚さん。これまた絶妙なタイミングで、トレードマークの経文扇子をパタパタ煽ぎ、念仏を唱えた。博士は我関せずと学術論文の英文に目を落とし、ハルクはハルクでスマホのYouTubeの一発芸に笑い転げる。そして哲学君は例によって、頻りに何かメモを取っている。相変わらずのメモ魔だが、さすがに時代の波に取り残されたくないのか、近頃メモ取りをシステム手帳から電子手帳に替えた。

十人十色と言えば聞こえはいいが、てんでバラバラの勝手放題。まぁ見慣れた光景には違いないが。

それにしても閑古鳥が鳴き疲れるほど営業不振が続く中、よくもまぁサイコは事務所移転を決行したものだ。しかもセレブ中のセレブが集う芦屋の高台、高級住宅街のド真ん中とは…。企業ブランドを上げる設備投資だとあっけらかんと笑って、後は聞く耳持たぬいつものサイコ。商人君ならずともお手上げだ。誰も彼女の暴走を止められなかった。いざとなれば、また自分の個人資産を持ち出し、片を付けようと思ってるのだろう。

城崎温泉へは、播但線終着の和田山駅で山陰本線に乗り入れる。事務所を移した芦屋からだと、尼崎まで引き返し、福知山線経由のこうのとりに乗る方が本数は多いが、料金は割高になる。駐車場込み月三十余万の賃料に比べたら、たかが数百円の違いだ。どうでもいいことではあるが、経理担当の僕としては、赤字の穴埋めとはいえ、毎月のようにサイコの個人口座から、多額の補塡がなされるのも心苦しい。焼け石に水にもならないが、今回の慰安旅行の経費を極力抑えたかった。

和田山に停車中、何処かで見たような目鼻立ちの良い、四十路を過ぎたと覚しき女性が一人乗車した。時期外れの平日のこととて、特急列車の車内は僕達七人のほか、二、三組の旅行者らしき乗客だけ。後は停車する度に乗り降りを繰り返す地元の人を、パラパラと目にするだけだ。

ガラ空きの車内なのに、その人はわざわざ僕達が座る四人掛けの一つ余った席に腰かけた。位置的には窓際のハルクの隣で、僕と向かい合う形になった。

ファッション通のサイコの影響で得た知識だが、その女性はクロッシェと呼ばれる、頭部が丸みを帯び深々とした帽子を被っていた。そのため真正面でも、僕の位置からは全体の顔立ちは窺えなかった。それでもやっぱり何処かで見たような気がした。

壹ノ章　『暇人クラブ』出撃！

列車が次の養父駅を通過したときだった。YouTubeに飽き、窓の外を見ていたハルクがふと車内に視線を戻し、素っ頓狂な大声を上げた。

「ひばり！　ひばり!!　ひばり!!!」

「なんや？　急にピーチクパーチク。もうすぐ夏やで。今さら、雲雀やあらへんがな」

間髪入れずツッコむ商人君。

だが、ハルクの言葉に僕も思い出した。さすが演芸好きのハルクだ。普段着だし帽子で顔が隠れてたのに、隣の女性の正体を瞬時に言い当てた。

「いつもご贔屓《ひいき》、ありがとうございます」

商売柄か、そう言って、ひばりさんは会釈した。

バラエティ番組なんかは、かな表記のクレジットだが、ひばりさんの正式な芸名は二代目桂雲雀。上方落語界切っての美貌と、女流ながら往年の爆笑王・二代目桂枝雀を彷彿《ほうふつ》させる抜群のセンスを持ち、今や人気沸騰の噺家だ。雲雀襲名前後からは得意の創作落語に加え、古典にも力を入れている。師匠は上方落語当代随一の名人、あの人間国宝の三代目桂燕雀だ。雲雀は末弟子ながら将来、燕雀の大名跡を嗣ぐ逸材だと巷間噂されている。

「違っていたら、ごめんなさい。あなた方は『暇人クラブ』の方でしょうか?」

落ち着いて言葉を継ぐひばりさん。

「おぎんねぇさんから、全部で七人だと聞いています。週末は城崎へ慰安旅行に行くと、息子がはしゃいでるとおっしゃってました」

なるほど。ハルクの母親から聞いて、僕達の後を追ってきたって訳か。


それからひばりさんは、僕達がTVで視るのとはまるで違って、物静かに丁寧に事の経緯を話し始めた。


その摩訶不思議な話の発端は、昨年夏に遡る。それまで二、三の大手プロダクションに所属が分散していた一門の噺家が一つにまとまり、新しく燕雀事務所を立ち上げた。以後一門の独立・結束の記念に、毎月末週の日曜夕刻、燕雀一門会を定期開催することになった。名付けて『逢魔が刻《おうまがとき》』落語会。昼から夜へ移り変わる夕暮れ時、時代劇で言う「暮れ六つ」の鐘が鳴る時刻に始まる落語会だ。門出を記念する第一回の演目に、夏の定番「納涼・怪談噺」を並べたことが発端で、以後『逢魔が刻』の名を冠したと言う。

その落語会で奇怪な出来事が起きた。一門の総師・燕雀師の、もはや神業と言うべき名人芸で演じられる噺の主役が、一言で言うなら消えてなくなるのだ。「んな、アホな！」商人君ならずとも、そんな荒唐無稽な話、俄に信じ難いが、われら暇人の面々には、その程度の非常識はまだ常識の範囲内ではあった。

もう少し話を整理すると、『逢魔が刻』落語会のトリで燕雀師が演じる噺に限って、物語の主役がすべて、人の記憶や記録から抹消され、それ以後、本来その者が登場すべき噺に、その者が出られなくなってしまう。演芸通のハルクの例によると、初春に定番の『正月丁稚』を演じたとする。そうすると、『正月丁稚』はもとより、丁稚定吉が主役の落語ネタすべてで定吉の存在が消え、定吉の出番がすっぽりと抜け落ちてしまう。そうなると、チョイ出の端役でもない限り、噺自体が成り立たなくなる。

第一回目に演じた『怪談・市川堤』の次郎吉を皮切りに、二回目以降、燕雀得意の商家ネタが続いたため、大旦那も若旦那の作治郎も、そしてあの愛すべき手伝いの熊五郎も姿を消し、彼らが活躍する演目はもう二度と高座にかけられなくなった。

最初は寄る年波、燕雀師匠も物忘れが増えてきたかと、周囲も余り気に留めなかったが、近頃ようやく異変に気付いたと言う。気付いたときには、時代を超え、語り継がれた上方落語の古典の、ほぼ半数が姿を消していた。

十日後に迫った次回『逢魔が刻』は、お伊勢参りの「東の旅」特集。燕雀師匠は『三十石夢乃通路』を演じる。これは燕雀一門の始祖に当たる、上方落語中興の祖・初代桂文枝が創作した屈指の名作。燕雀代々のお家芸だと言う。『三十石』に登場する人物は数多いるが、主役はあの喜六・清八だ。喜六・清八と言えば、それほど落語に詳しくない者にでもわかる、古典落語の最重要人物。彼らが消えれば、上方落語はもはや壊滅同然だ。だからこれは正に、江戸元禄の昔、開祖・米沢彦八から連綿と続く上方落語存亡の危機なのだ。

そんな楽屋の噂話が、燕雀一門の鳴物を仕切る鶴亀社中に伝わり、社中で三味線を弾くハルクの母ぎんの知るところとなったのだ。


「それで、おぎんねぇさんが心配して、『暇人クラブ』を紹介してくれました。わたしには、よくわかりませんが、うちの源は力道山より強いって」

経緯を話し終えた後、ひばりさんは笑いながら、そう付け足した。

おかんの耳に話が入ったが最後、黙っていられるはずがない。おかんのことだから、息子のことも暇人のこともきっと、誇張に誇張を重ねて説明したのだろう。

ちなみにハルクの母の名は金剛ぎん。いわゆる大阪のオカンを代表するような人物だ。良く言えば世話好き、悪く言えば、火のないところに火事を起こす。仕事着の着物以外は勿論、超ド級の派手なヒョウ柄服を身に纏う。仲間うちでは「おかん」ないし「ヒョウ柄おぎん」の呼び名で通っている。


「異議あり！　ハルクが力道山より強いから、だからどうなのだ？　意味不明だ」

ひばりさんの話を聞き終え、すかさず哲学君が右手を挙げた。でもそこは聞き流せばいいところなのに…。

「確カニ、強イ弱イデ、解決デキル問題トハ思エナイガ…」

「せやけど哲学、どっちか言うと、おまはんの存在も、意味不明ちゃうか？」

博士に続き、商人君が口を挟んだ。こうなるとまた話がややこしくなる。

「んなこと、どうでもいいじゃん！」ピシャリとサイコ。

話を本筋に戻すのは大抵僕の役目だが、気に入らない話を打ち切るときのサイコの、取り付く島のない言い方は、こういう場合一番効果を発揮する。

「でもこれって、慰安旅行してる場合じゃないよね！　これって、暇人の出番よね！　ねね！」

ねね…っと、一見同意を求めるふうに語尾を重ねるときのサイコはいつも、もう聞く耳を持たない状態になっている。彼女にとって、それは既に決定事項なのだ。そう、芦屋に移転したときも同じだった。

溜息まじりにサイコの横顔を見ると、少女漫画の見開きの如く、大きな瞳をキラキラ輝かせていた。今さらのことだが、サイコは人一倍好奇心が強い。特に未確認物体や未知の現象には目がないのだ。

「あかんわ、こりゃ」

斜向かいから同じようにサイコを見た商人君。両手を拡げて、「(*_*) マイッタ」のポーズ。

こうなるともう、着手金や成功報酬その他諸々のビジネス交渉など、二の次三の次だ。だから商人君の出番もないし、支払いは相手次第。まぁ多少の持ち出しは覚悟するにしても、問題は博士の発明だ。半端ない製作費だ。次の『逢魔が刻』落語会まで十日しかない。諦めて作り置きの発明品で辛抱してくれればいいのだが…。でも博士の性格を考えると、かえって…。

貳ノ章　ほら、言わんこっちゃない

ワンフロアの仕事場の奥の、半透明なL字型のアクリル板に仕切られた研究室。慰安旅行を中止して、事務所に戻ってから、博士はずっとそこに籠もっていた。

例の如く「天下御免・面会謝絶」のプレートを掲げ、しかも中から漏れるサラサーテの『ツィゴイネルワイゼン』はいつものヴァイオリン独奏ではなく、今回は壮大なオーケストラ・バージョン。並々ならぬ気合いの入れようが伝わってくる。期限の短さが、逆に博士の闘志に火を点けたようだ。

博士は「世紀の錬金術師」と、自他共に認める不世出の天才に違いないのだが、ただその発明品が吉と出るか凶と出るかは、いつも出来てみなけりゃわからない。

調べ物の資料を打っちゃって、商人君がぼやいた。

「ほら、言わんこっちゃないがな」

事件解決のタイム・リミットまで残り五日と三時間。博士の発明研究に引き摺られ、方針が立たないまま徒に時間が過ぎた。

かった。

「さすがの博士も、今度ばかりは無理かな？」と僕。

「それよりおれ、納豆とコンニャク」

ハルクには発明の是非より、博士に頼まれて調達した物品の中に、納豆と糸コンニャクが入っていたことの方が気になるようだ。発明の材料にしては、使い途の見当が付かなかった。

鬱蒼と茂る糺の森を望む、築三十余年の雑居ビル。都大路を外れ、手狭でエアコンも効かない、そんな引っ越し前の事務所に比べ、芦屋の一等地にあるこのオフィスは、一階は受付と駐車場、二階が広いワンフロアの仕事場になっていて、オートロック式の自動扉、空調も精密なマイコン制御ときている。劣悪で雑然とした執務環境に馴れた僕達には、何だか快適すぎて、逆に落ち着かない。言い出しっぺで口には出せないようだが、どうやらサイコ自身も、余り居心地は良くないようだ。

それもあって、ここ二、三日のように、図書館からしこたま借り出した分厚い書籍や速記本が、所狭しと散乱する光景は、何となく気分的に落ち着く。

今時調べ物は、データベースかネットを駆使するのが常套。非効率な紙媒体など流行らないのは百も承知だが、あくまで紙ベースに拘る哲学君の心の在り様を、何故か僕達暇人のメンバー全員が共有している。勿論それは借りた本の中に、調べ物と直接関係ない『吉本新喜劇ギャグ名場面集』を紛れ込ませた、ハルクの茶目っ気も含めての話だ。

僕達も博士の発明を、ただ指を咥えて見ているわけではない。「敵を知り己を知れば…」と、大上段に振りかぶる哲学君の論は脇に置くとして、とりあえず図書館から借りた書物を基に、上方落語の成り立ちや系譜、そして今回事件の渦中にある燕雀師匠の高座や人柄について、自称上方演芸評論家のハルクからレクチャーを受けつつ、サイコと博士を除く僕達五人は、事件解決のため必要な情報をひたすらインプットしていた。

三代目桂燕雀。本名・武田信一郎。一九四八年（昭和二十三年）八月八日、大阪市中央区船場中央（現住居表示）にて、薬種問屋の長男として出生。名門・大阪北天高校卒業後帝都大学経済学部に進学。抜群の学業成績にて将来を嘱望されるも、一身上の都合により退学。

その後定職に就くことなく日雇労働を転々としつつ、船場の老舗に育った者には、馴染み深い上方落語に傾倒。三十歳にして旧知の二代目桂燕雀に入門。遅咲きながら刻苦勉励、精進の末、一門のお家芸『三十石』『高津の富』『天王寺詣り』など、上方落語の名作をはじめ、古い速記本や古老の昔話を基に、幾多の埋没した古典落語を復刻。爆笑ネタにも抜きん出るが、特に自家薬籠の商家噺・色町噺は絶品の味わい。

性格は温厚にして篤実。ただし芸道には峻厳。少子直伝をモットーに直弟子は鷗雀・扇雀・雲雀の三名のみだが、一門の垣根にとらわれず、広く後進の指導育成に尽力。

松鶴・米朝・文枝・春團治の四天王亡き後、平成期の上方落語隆盛の立役者。東の圓宝

（人間国宝・六代目入船亭圓宝）、西の燕雀と東西並び称される不世出の名人。重要無形文化財保持者（人間国宝）。文化勲章受章者。初代関西落語協会会長。

以上、机上に堆く積み上げられた関係資料から、それぞれが収集した情報の摘要を、レジュメ用に僕がモバイルPCにデータ入力したものだ。博士を除けば、ブラインドタッチで入力できるのが僕しかいないと言うか、本来哲学君の業務なのだが、そんな認識はなさそうだし、そもそも最年長の和尚さんですら、三十路を過ぎたばかりなのに、この手の作業はみんな不得意で誰も見向きもしない。だから結局、僕が引き受けざるを得ないのだ。

入力漏れがないか、僕は集めたメモに再度目を通した。正確に言えば、ハルクが提出したメモに「私が選ぶ吉本新喜劇ギャグ・ベストテン」とか、昔大阪のガキンチョが毎週欠かさず視た「とんぼりアワー」の暁伸・ミスハワイ、宮川左近ショウ等々の常連リストを並べた頁があったが、当然ながらそれは割愛した。

「あと僕達が知っておくべき情報はないですか？」

最新の16KライブTV電話に映る、ひばりさんの顔を覗き込みながら、僕は入力したメモのあらましを述べた。ちなみにこのTV電話、博士が以前、昼休みの休憩がてら、鼻歌交じりに拵えたものだ。

「ご参考になるかどうか、わかりませんが」

前置きして、ひばりさんが二、三のエピソードを話してくれた。その中で少し引っかかることがあった。

それは燕雀師匠が大学を中退する前後から、先代に入門するまでの、約十年間の暮らしぶりが詳らかではないことだ。三十路を過ぎ、どうして今さら、何事に付けキャリアが優先される、伝統芸の落語界に身を投じようとしたのか。燕雀師自身、固く口を閉ざし、一門の誰も知らないと言う。「そのあたりは、おぎんねぇさんの方が、何か知っていることがあるかもしれない」とのことだった。

突然、研究室から件の『ツィゴイネルワイゼン』が一際大きく鳴り響き、そして博士の高笑いが聞こえた。

「博士ぇ〜、できたぁ!?」

パステル調に彩られた専用のパウダールームで、化粧直しに励んでいたサイコ。待ってましたとばかり、勢いよく飛び出してきた。調べ物のような面倒なことには全く興味を示さないくせに、博士の新発明のときは、何をしててもイの一番に現れる。わかりやすいと言えば、これほどわかりやすいキャラはない。

フロア中央のミーティングテーブルに、完成したばかりの発明品を置いて、不眠不休の疲労の色も見せず、博士は滔々と説明を始めた。

さて今回の発明品だが、二品あって、一つは上方落語特有の「張扇《はりおうぎ》」。本題に入るときや場を変えるときに、張扇や拍子木で見台を叩いて観客の注意を向ける、あれだ。二つ目がウレタン素材の安眠枕。飛行機で使うようなU字型のネックピローというやつだ。何処にでもあるごく普通の張扇と枕にしかに見えないが、さにあらずと博士は力説する。

名付けて『誰でも真打ち張扇』と『いつでもどこでも夢枕』だ。商人君が言うように、確かに語呂はいい。問題は使い途だ。博士曰く『誰でも…』は文字どおり、それを手にしたら、ズブの素人でも真打ちの落語ができる。ちなみにドイツ生まれの博士は、東京標準の真打ちと命名したが、ハルクによると、関西ではトリ（最後）を取れる噺家というほどの意味合いだ。また『夢枕』は「故人が夢枕に現れ…」の夢枕だ。用途は噺家が演じる落語世界に忍び込むためのアイテムだと言う。


「春眠暁を覚えず…ですな」

珍しく和尚さんが口を挟んだ。

「博士殿、夢枕とは見事な命名ですぞ。正に、ただ春の夜の夢の如し哉」

「んな名前みたいなん、どっちゃでもええが、こっちは使えそうやなぁ」

と『夢枕』を手に取って商人君。

「問題は張扇だ。稀代の名人・三代目燕雀以下、数多の真打ち犇《ひし》めく上方落語界の現況と、今回の事件の緊迫した流れに鑑みれば、開発そのものの是非が問われる」

相変わらずの難解（もういっぺん、高野線）な物言いながら、この危急存亡の秋（ちなみに季節は春）、今の哲学君の言葉はおそらくサイコを除き、僕達の共通した疑問には違いない。

「ソレハ…」

それまでの立て板に水の説明から一転、博士ははにかむように俯きながら、ボソボソと答えた。

要するについでと言うか、おまけと言うか。

「だっから〜、そういう博士、わたし、大〜好き」

キャッキャ笑いながらサイコは、博士の茶目っ気を褒め称えた。

ついでにしては先に『張扇』から作った理屈が立たないが、いずれにせよ、四、五日の短期間で二つの発明をものにするとは、「世紀の錬金術師」の異名はダテじゃない。僕は改めて博士の桁外れの知能に感服した。

「それより、納豆と糸コンニャク?」

このまま話を終えてはならじ。そこが一番の気懸かりだと、言わんばかりにハルクが割って入った。

「ソレハ国家機密ダ」

博士は今度は、にべもなく斬って捨てた。

「だっから、あんたはバカなのよ！　お楽しみは先送り…これ、物語の鉄則でしょうが」

なおも食い下がろうとするハルクに、サイコがとどめのダメ出しをした。

(^_^;)／(・_・)オイオイ、サイコ、ダメ出しはいいが、そんな思い付きでハードルを上げたら困る。きっと作者は何も考えていない(>_<)。

参ノ章　おかん登場！

「ほたら、ついでに『誰でも三味線』こしらえてぇな」

おかんは、まるで挨拶代わりのように気安く、ポンポン博士の肩を叩いた。

「せやねん、今日もな、のっけから音は外すわ、バチ落とすわで、ほらもう、亀山のお師匠はん、プンプンのカンカンや。ほらまぁ、わてが悪いからしゃあないいんやけどな」

そう言いながら、おかんの顔に反省の色はない。

「そやそや源、あんた今日、『スーパー旭』で、コンニャク買うて帰ってぇな。半額の大特価やねん」

「今日はおれ、納豆とコンニャク、食べる気分でない」

ハルクはよほど、博士の国家機密が気になるようだ。

「ほたら、ゴンボでもええわ。三割引やから」

おかんが話し出すと大抵こうなる。そもそも他人の話を聞かない。おまけに話題があっちこっち飛び火するから、余計埒が明かない。

「んで、なんの話かいな？　そやそや、黒門市場の『蛸っ八』の話やったかいな？」

違う違う。誰もタコ焼きの話など聞いてない。

『逢魔が刻』落語会を三日後に控え、事件解明に向けた準備が慌ただしい。そんな最中、博士とハルクと僕の三人がわざわざ、おかんのいる下座『鶴亀社中』が詰める、ここ『法善寺寄席』の楽屋を訪ねたのには、それなりの理由がある。

燕雀師匠とは落語家と下座の関係とばかり思ってたが、おかんこと金剛ぎんは、意外にも船場丼池の商家の育ちで、昔は燕雀師の生家と交流があったとハルクに聞いた。だからおかんの口から、燕雀師の空白の十年の、何かしらの手ががりを得られないかと考えたわけだ。

戦後上方落語の悲願だった定席『法善寺寄席』は、今から十年ほど前、燕雀師匠が関西落語協会会長の頃、水掛不動が目と鼻の先にある法善寺の一角に、戦後初の常打ち興行場として復活した。

法善寺界隈は明治・大正の上方落語黄金期、初代桂文枝亡き後の桂派・三友派がしのぎを削った所縁の聖地だ。だから燕雀師の思い入れも一方ならず、『逢魔が刻』の会場も当初ここを考えたようだが、如何せん席数が一、二階合わせ二〇〇にも満たないキャパだ。その気になれば、京セラドームも満杯にしかねない人気の燕雀一門だから、さすがに最終的には、別の収容数一〇〇〇人の会場を選んだとのことだ。ちなみに一〇〇〇を超える観客を相手にするなら、それはもう自分が目指す寄席落語ではないというのが燕雀師の持論だった。

『法善寺寄席』がある法善寺・道頓堀界隈は、ハルクが生まれ育った南船場に近く、少年期のハルクの格好の遊び場だった。当時は「とんぼりアワー」の角座こそ閉鎖されたものの、まだ松竹新喜劇の中座は健在だった。路上マナーの悪い中国人観光客の姿など影も形もなく、文字どおり演芸と食い倒れの街だった。おかんの給金が入った日はちょっと贅沢に、道頓堀の『うどんの今井』か、千日前まで足を伸ばし、『はつせ』のお好み焼きをよく食べたと、いつだかハルクが目を細めながら懐かしんでいた。

おかんはサイコの父・天野宗一朗の異母姉（先妻の子）だから、サイコとハルクは従兄妹の間柄になる。サイコは幼い頃に母親と死別したが、ハルクの方はおかんの婚外子として生まれ、彼女が女手一つで育て上げた。ハルクの父は妻子ある男性だったが、別れた後の消息はぎんも知らないと言う。僕も幼い頃父を亡くしたので、宗一朗おじさんを実の父親のように慕うハルクの気持ちはよくわかる。父の顔さえ知らずに育った少年期のハルクが、法善寺・道頓堀の娯楽場に入り浸り、寂しさを紛らわせたとしても無理からぬ話だ。

「そやそや、三代目の話やった」

ひとしきり無駄話をすませてから、ようやくおかんが本題を思い出してくれた。楽屋を訪ねて、かれこれ小一時間経過していた。

昼席を終えた下座の楽屋には、おかんと僕達のほかは誰もいなかった。昼下がりのこの時間、お囃子連中は大抵、馴染みの『丸福コーヒー』か『夫婦善哉』に居座って、他愛ない四方山話に興じている頃合いだった。

「年の離れた妹みたいに、ちっちゃい頃、三代目にはほんま可愛がってもろた。ちょうど一回り違ごとったたから」

としみじみ語るおかん。

「ほやけど、北天を首席で卒業して、東京出はってから、盆暮れに帰ったときしか、顔見ぃひんようになってしもたわ。ほんで帝大やめたあと、実家にも寄りつけへんし、長いこと音信不通やった」

しかしとおかん、長年生家の薬問屋を仕切っていた大番頭に聞いた噂話と前置きしつつ、こんな話をしてくれた。

燕雀師匠が帝都大在学中の学生運動華やかなりし頃。大義なきベトナム戦争への抗議と、日米安保条約の延長阻止を掲げ、全共闘過激派が安田講堂を占拠し立て籠もった、いわゆる七〇年安保闘争の安田講堂事件が起きた。

警視庁機動隊との二日間にわたる攻防の末、安田講堂の封鎖は解除された。攻防の最中、数百人の学生が大量検挙されたが、逮捕者の中に若き日の武田信一郎、後の三代目桂燕雀の姿を見た者があったと言う。身柄拘束の真偽は定かならずも、当時の燕雀師が全共闘運動に携わっていたのは、おそらく間違いないことだと言う。

半世紀も後の僕達の世代にとって、安田講堂事件とは、以後衰退の一途を辿る、学生運動の重要なターニングポイントだったという、社会教科書的な認識しかない。だが当時二十歳を過ぎたばかりの生真面目な青年には、その後の人生を大きく左右する重大な岐路となったに違いない。今まで燕雀師自身の口から、何一つ語られないこと自体、深い哀しみと挫折の証のように思われてならない。

「人知れん苦労の大きさが、芸の幅や」

いつになくしんみりと、おかん。

「そういや、源」

でもすぐに元の明け透けに戻って、言葉を継いだ。

「あんた、ちっちゃい時分から、お笑い好きやったやろ。昔いっぺん三代目に、あんたの弟子入りを相談したことあんねん」

んん？　ハルクも初耳の話のようだ。

「そんとき、言わはったんや。『芸人みたいな、明日も知れん商売、やめときなはれ。わしは、ほかになんもないから、しゃあなかっただけや』って、言わはったんや」

「仕方ナイデ、当代一ノ名人ニナレルノカ」

博士が感嘆した。

「おれ、噺家になってたんか?」

ハルクの表情は満更でもなさそうだった。

♪シャン　シャシャン　シャラ　シャラララランランラシャラララン　シャラララララ　ラララララン

間近に響く鳴物の音に、僕達は我に返った。今は亡き爆笑王・二代目桂枝雀の出囃子『昼まま』だと、ハルクが教えてくれた。

いつの間にか駄弁り疲れて、休憩から戻ったお囃子連が夜席に向け、それぞれ三味や太鼓の音合わせをしていた。釣られるようにおかんも、生前可愛がってもらった先代春團治を偲ぶように『野崎』の三味を弾き始めた。


全共闘運動への参加。その後の空白の十年。人知れぬ苦悩の末に辿り着いた伝統芸能への回帰。そんな構図がぼんやりと僕の脳裡に浮かんでいた。しかし他方では、もっと何か別の事情が隠されているのではないか…。何故かそんな疑問が拭えなかった。

肆ノ章　彼の名はダビンチ

但馬の山間にある朝来の森は、小雨交じりの昼靄に霞んでいた。遊歩道に点在する抽象的な屋外アートを巡りながら、サイコらは目的の洒落た美術館があるダム湖の麓まで、ゆっくりと坂道を上った。

近頃この辺りは「芸術の森」として売出し中のフォレストリゾート。朝は、清流に立ち籠めた川霧の幻想に身を清め、日中は美術鑑賞や川遊びを楽しみ、夜はログハウスのテラスでＢＢＱ、そして満天の星空を見上げながら自然を満喫する、そんな親子連れに人気のスポットだった。

僕達三人がおかんの楽屋にいた頃、別行動を取ったサイコ、商人君、哲学君、和尚さんの四人は、ひばりさんから聞いた朝来在住の一人の若手芸術家を訪ねていた。

彼の名は相田敏一。略してダビンチと言う。朝来出身のひばりさんの年の離れた弟だ。年齢は僕やサイコ、ハルクと同学年。京都洛北芸大の助手を務める新進気鋭の彫刻家で、ここ朝来「芸術の森」の野外アートはほとんど彼の作品だった。尊敬する人は、あのＥＸ

ＰＯ'70の『太陽の塔』を創った岡本太郎。サイコが好きなタローさんだそうだ。
サイコが言うには、ダビンチ君は今回の事件に絶対欠かせない人物。「ビビッときた。わたしの直感に間違いない」と自信満々に、朝のはまかぜに飛び乗って行った。

待ち合わせの美術館はダムの真下にあった。石積みの堰堤を背にした二階建ての、南仏プロヴァンス風のオレンジがかった建物だった。
美術館の裏手には、短く刈り揃えられた芝生の庭が広がっていた。その庭は縦横幾本かの遊歩道で区切られ、区画ごとにブロンズ彫刻が一体ずつ置かれていたが、そのほとんどは、光や風など、形のない素材を具象化した作品が多かった。前衛芸術を好むサイコには興味深く、何だか深緑のキャンバスに散りばめた宝石のように感じられた。

山間の天気はまるで、コロコロ変わるサイコの気分みたいだ。ついさっきまで靄に霞んでいたのに、いつの間にか青空が覗いた。徐々に西に傾きかけた太陽は、虹色の光の帯を煌めかせ、未だ弱まらぬ日射しが、サイコらの頭上に降り注いだ。

「これ、ダビンチ君が作ったの？」
芝生に点在するブロンズ彫刻を一つ二つ指さしながら、いきなりサイコが尋ねた。初対面なのに、端からニックネームで呼ぶのも彼女ならではだ。

「全部じゃないですけど」

ややはにかみ気味にダビンチ君。

「でも全然、納得できない作品ばかりです」

「いやいや、お見事な曼荼羅模様ですぞ」

「意味わかんないけど、和尚さん、見る目あるじゃん」

確かに和尚さんの言葉は深すぎて難しいが、案外サイコの感性と合ってるかもしれない。

芸術家って、みんな取っつきにくいかと思っていたが、ダビンチ君は随分話しやすそうな印象だ。それに意識しているのか、言葉使いも標準語に近かった。

播州よりはましだが、但馬の方言も結構キツいと、ひばりさんは言っていた。サイコが、商人君の丸出しの泉州弁や、和尚さんの時代劇的な言い回しを、密かに期待してたのなら、拍子抜けしたかもしれない。

「さっそくやが、このクソ忙しいときに、あんたを訪ねたんはな」

こちらも相変わらずの商人君。でもまぁ芸術とは真逆、実利の人だから仕方あるまい。

「汝に問う。芸術は超常現象や否や」

おいおい哲学君。商人君に続くのはいいが、いきなりそれじゃ、和尚さんより訳わからん。

結局要領を得ないまま、それでも今回の事件はひばりさんも関係していることだし、全面協力する旨ダビンチ君は約束してくれた。

サイコによれば、ダビンチ君は掛け値なしの掘り出しもん。水木しげるの妖怪物と無類の推理小説好き。講義の手伝いや、石膏・粘土を捏ねていないときは、トイレや風呂場でも、所構わず寸暇を惜しみ、鬼太郎漫画か、アガサや西村京太郎の文庫本を開いているそうだ。

忙中閑ありと、笑いながらダビンチ君。勝手知ったる美術館の中を案内してくれた。二階フロアの企画展が丁度最終日。ここの非常勤学芸員を兼ねるダビンチ君の企画『鳥山石燕の妖怪絵展』が開催されていた。

鳥山石燕《とりやませきえん》とは、狩野派の流れを汲む江戸中期の浮世絵師。ダビンチ君によれば、美人画の喜多川歌麿の師匠だそうだ。妖怪画を得意とし、『画図百鬼夜行』や続篇の『今昔画図続百鬼』の妖怪画集が、当時人気を博したと言う。今回の企画展はこの二つに『今昔百鬼拾遺』を加えた画集から、ダビンチ君がチョイスした妖怪画が展示されていた。

この画展、最初と最後に『逢魔時』と『日の出』の絵を配置した構成で、これは石燕の『今昔画図続百鬼』の巻頭と巻末にある、いわば対をなす絵だと言う。

『逢魔時』から『日の出』までの間、お天道様の神通力が消え、邪悪な暗闇がこの世を支配する。昔から『逢魔時』と言えば、現世と異界の境界が消え、妖怪や魑魅魍魎《ちみもうりょう》が跋扈《ばっこ》する時刻なのだ。ダビンチ君によれば、妖怪や物の怪は境界に近い時間や場所に出没する傾向が強い。だから『逢魔時』は妖怪達と出逢う確率が一番高い時間帯ということになる。そう言われると、件の『逢魔が刻』落語会の不思議な出来事も、何だか妖怪の臭いがしてきそうだ。

「ほんま、鬼太郎に出とる妖怪、ようさんいとるなぁ。♪猫又　垢なめ　百々爺　水虎に火車に　ぬらりひょん…ってか」

なんて商人君、壁や天上にぶら下がった複製パネルを流し見しながら、変な節回しで浪曲みたいに一節唸った。

ほかにもろくろ首、天狗、河童に雪女ってメジャーな妖怪も多数展示されてて、さしずめ「元祖・妖怪オールスター総出演カーニバル」ってところか。

「帰命《きみょう》無量《むりょう》寿《じゅ～》如来《にょ～らい》、南無《な～む》不可思議光《ふ～かし～ぎ～こう》…」

真宗の『正信偈《しょうしんげ》』という、ありがたいお経を唱えながら、皆の後ろに付いていた和尚さん。ふと気が付けば、一枚の妖怪画の前で立ち止まっていた。

先ゆくダビンチ君とサイコが目ざとく見付けて、和尚さんの所へ戻ってきた。

「率爾《そつじ》ながらお尋ね申す」

いつもの物言いで、和尚さんがダビンチ君に目の前のパネル画の説明を求めた。

「さすが修験の道を積まれた和上、常人とは眼力が違いますね」

感心したようにダビンチ君が持ち上げた。

「そうそう、それ、わたしも気になってたの」

頷きながらサイコも同調した。

パネル画のタイトルには『隠里《かくれざと》』とある。

「せやけど、これ、妖怪かぇ？」

館内スリッパをペタペタ踏み鳴らしながら、セカらしくやって来た商人君が口を挟んだ。鑑賞マナーはゼロだが、質問そのものはごもっともだ。

「確かに『隠里』を妖怪や、物の怪と言っていいのか、判断は分かれるでしょう」

和尚さんと商人君の顔を交互に見ながら、ダビンチ君が頷いた。

問題の『隠里』は、石燕が描いた『今昔百鬼拾遺』の、雲・霧・雨の上中下三巻に分かれた下巻・雨の巻の最後を飾る作品だ。日本各地の古い伝説・民話に散見され、現世と隔絶した桃源郷のようなものだと言われている。

「そう言えば」

突然、思い出したようにダビンチ君。

「いつだったか、姉貴が、僕の持っていた石燕の画集にあった『隠里』を、じっと穴が開くほど、眺めていたことがありました」

「あら、そうなの。綾ちゃんの調査レジュメに、そんなのあったっけ。まぁいいわ。明日ハルクに聞いてみよう。ごめん哲学君、備忘メモ取っといて」

「なんやようわからんけど、『隠里』が、大事なキーワードちゅうわけやな」

商人君があくび混じりに、哲学君に「これもついで」とメモを頼んだ。そして和尚さんはと言うと、いつの間にか休憩用のソファーで座禅を組み、何やら瞑想に耽っていた。

伍ノ章　遅まきながら作戦会議

人間の性《さが》というものは、ほんに救い難いものでございます。

百両もの裏金払ろうて、紛れ込んだ不老不死の桃源郷。常世の国の『隠里』。

平穏な日々の暮らしに、いつしか清吉は、人を殺《あや》め、悪事の限りを尽くした浮世が恋しくてならず、遂に禁断の結界を破り、生臭～い現世へと舞い戻ります。

すると何処からともなく、「ヒャヒャヒャヒャ」と冷ややかな笑い声。「悪う思うなよ、清吉。血書の約束じゃでな」

哀れ清吉、声の主を確かめる暇なく、見る見る無残な骸《むくろ》と化してゆきます。

『隠里』の一日は、此の世の千年に当たると申します。

それもそのはず。「一日一善（千）」が『隠里』のお約束でございます。

一席終わると、静かに扇子を置き、元の物静かなひばりさんに戻った。

「このオチが取ってつけたようで、結局、高座では、いつもの紋切り型に代えました」

「いつものって?」

「はて恐ろしい、チョ～ン！　執念よなぁ～！」

代わりにハルクが合いの手を入れた。これが怪談噺の決め台詞だと言う。

おかんにもらった初回の『逢魔が刻』怪談特集のパンフレット。そのときの雲雀の演目が、今し方演じた『隠里』だった。昨日ダビンチ君が言った鳥山石燕の『今昔百鬼拾遺』に描かれた『隠里』に着想を得て創作した怪談噺だ。

第十回『逢魔が刻』落語会。「全部見せます！　リレー落語・東の旅」と、サブタイトル付きの一門会が明後日に迫った。そんな中、サイコのわがまま（もとい、提案）により、贅沢にも当代桂雲雀演じる創作怪談『隠里』を生視聴させてもらった。

ひばりさんは本業の寄席はもとより、レギュラー・バラエティの収録や深夜ラジオのDJのほか、今は『逢魔が刻』の打ち合わせも重なって一際多忙な折、それでも快く僕達の求めに応じ、芦屋のオフィスまでわざわざ足を運んでくれた。ありがたいことだ。

朝来から戻った哲学君の電子メモに書かれた、商人君とダビンチ君のやりとりを読んで、ひばりさんが創作した怪談噺を聴けば、モヤモヤした事件の筋が少しは見えてくるかもしれないと考え、こんな無理をお願いしたのだった。

先ほど来、ひばりさんの『隠里』を聴いてて、僕は思った。『隠里』の存在と手伝いの熊さん達の消失は、無関係な出来事なんだろうか。魑魅魍魎が跋扈する『逢魔時』と当代桂燕雀の神業の名演が重なって、手伝いの熊さん達が『隠里』に神隠しされたとは考えられないだろうか。

「起きとるか？　麻呂。なに寝ぼけたこと言うとんねん」

「でも、この前の『徐福のお宝』は、もっと荒唐無稽な事件だったよ」

僕は商人君に反論した。

「せやせや、確かに、弘法大師と親鸞上人のくだりは、えげつなかったな」

「そこか？　引っかかるのは」

「んなことより、綾ちゃん、三時のおやつは?」とサイコも乱入。

またも脱線しかけた、そんな僕達の会話を、意外にも「私も麻呂さんと同意見です」と、ダビンチ君が割り込んで、元に戻してくれた。


ダビンチ君の推理はこうだ。『逢魔が刻』落語会が期せずして、魑魅魍魎が跋扈する魔界の扉を開いた。お天道様の神通力が消えた闇の中から、百鬼夜行の如く様々な妖怪・物の怪が人間の深層心理に忍び込んだ。その中の誰かが、燕雀師匠に命を吹き込まれた落語界の住人を『隠里』に閉じ込めた。『隠里』は、そこに入った者が生きてきた過去を消し去る。だから熊さんらが登場する噺もできなくなったのだ。

なるほど。ダビンチ君はダテに、水木しげるやアガサを読んでるわけじゃない。

「ソレニシテモ動機ガワカラナイ」

「問題はそこです」

博士の疑問にダビンチ君が大きく頷いた。

「なぜ、落語界の住人を『隠里』に閉じ込める必要があったのか？　ひょっとしたら、僕達の想像が及ばない、なにか別の事情があるのかもしれません」

「あと一つ疑問、納豆と糸コンニャクも…」

ハルクよ、それを言うなら燕雀師匠の過去だ。全共闘運動からの空白の十年、青春の直中にいた青年・武田信一郎が、何処でどんな暮らしをし、何を想って生きていたかだ。

「時間ガナイ。ココハ対症療法シカナカロウ」

眼鏡越しにハルクを一睨みして、博士はそう断じた。


余談ながら（ってこの小説、ほとんどが余談だが）、先日事件の参考にと、上方落語に関する調べ物をまとめたとき、関連がないため没にしたハルクのメモが、まだ僕の手元に残っている。それを基にハルクを擁護すれば、彼が生まれ育った頃の大阪は、道頓堀から千日前へ、松竹から吉本へと笑いの中心が移った。かつて一世風靡した八ちゃん（岡八郎）・京やん（花紀京）の、二枚看板が君臨した吉本新喜劇の絶頂期こそ過ぎたものの、今なお続く吉本の笑いは、「これでもかこれでもか」が、いつの間にか「くるぞくるぞ」の期待に変わるマンネリズムが真骨頂だ。

だからハルクの「納豆とコンニャク」の繰り返しも、吉本新喜劇とともに育った大阪のガキンチョ連中には、ごく自然なリアクションなのだ。商人君ではないが、「せやからみなさん、これ、あと二、三回はやりまっせ」となる。

季節は一足早い夏模様だ。高台の仕事場から見下ろす芦屋川の堤には、所縁の文豪・谷崎潤一郎の名作『細雪』の記念碑が立つ。川沿いに業平さくら通りを下れば、在原業平の歌碑がある松ノ内緑地を経て、松並木の芦屋公園へ至る。そこから芦屋川の河口はもう目と鼻の先。松並木を抜けた先が芦屋浜の運河で、洒落たシーサイド・プロムナードが整備されている。オフィスからだと、そこまで片道二十分とかからない。

だから事務所を移してから、いつの間にやら、仕事前か仕事帰りに、サイコと芦屋浜まで散歩するようになった。時間がある日は運河を越えて、埋立地の芦屋マリーナまで足を伸ばし、碧い海に映える白亜のチャペルや、波間に揺れるヨットを眺めるのが習慣になった。

そんなときのサイコはまるで別人だった。憎まれ口の一つも叩かない。彼女のことだから、意識しているわけじゃなかろうが、見事なスイッチの切替えだ。オーナーとしての思惑は脇に置いて、サイコがここに事務所を移した個人的理由は、何だかわかるような気がした。だからと言って、移転の賛否は全く別の問題ではあるが。

「閑話休題。デハ、作戦会議ニ戻ロウ」

ひばりさんを乗せたタクシーを見送った後、皆が席に就くのを見計らい、リーダーの博士が話を進めた。

明後日の『逢魔が刻』のトリ、燕雀師演じる『三十石』の落語世界に『いつでもどこでも夢枕』、あのU字型のネックピローを使って、暇人メンバーが潜入することに話は決まった。

ただ問題があって、ついさっき、博士とダビンチ君がほかの者にはチンプンカンプンな、物理学と超常現象の七難しい議論を闘わせた。その結果、『隠里』は物理の常識が通用しない旨意見の一致をみた。そして今の『夢枕』は、人の夢や芸術活動が創出する心象世界には入り込めても、捻れた多重の亜空間に存在する『隠里』へは、そのままでは辿り着けないとの結論に至った。

「コレデイイカ?」

博士が何やらササッと走り書きしたメモを、ダビンチ君に手渡した。僕が横からチラリと覗き込むと、今まで目にしたことのない記号や変数が、ズラズラ並んだ方程式が目に入った。

「完璧です!」

サラッと目を通し、すぐダビンチ君が頷いた。

二人のやりとりのレベルが高すぎて、さすがの商人君もチャチャを入れる気になれないようだ。横にいた哲学君はと見れば、得意の形而上論から物理科学の数値論へ、話が移ったためか、仕方なさ気に指をくわえて、二人の会話を聞いていた。

「コレナラ三十分モアレバ足リル」

『夢枕』を亜空間対応（Ver.2）に改良するための所要時間のことだ。

「ハルク、悪イガマタ、納豆ト糸コンニャクヲ頼ム」

「……………」

それには返事をせず、ハルクはブスッと、口をへの字に曲げた。

「博士～ぇ！」

待っても来ない三時のおやつ。代わりに哲学君から取り上げた「ぷっしゅん満月ポン」の袋片手に、サイコが気紛れに声を上げた。

「わたしが命名したげる。『アンドロメダまで夢枕』ってどう？　いい名前でしょ」

「お見事！　座布団二枚でござる」

居眠りしてたはずの和尚さん。むっくり起き上がり、何がツボにはまったのか、手にした経文扇子でテーブルを叩いて、大喜びした。

「もういいでしょう！」

日中、退屈しのぎに視るBSリマスター時代劇の水戸黄門、その決め台詞を真似て僕が言った。

いつもながら脱線し出すとキリがない。仲間うちはいいとしても、ダビンチ君に申し訳ないと思いつつ、彼の顔を見ると、案外楽しそうに笑ってた。

作戦会議の決定事項をお復習《さら》いすると、今日中に博士が改良版『アンドロメダまで夢枕』を七個完成させる。そして当日、サイコ以下六名の精鋭部隊？　が各々『夢枕』を使い、燕雀師演じる『三十石』の落語世界へ忍び込む。そこに現れる『隠里』を操る妖怪から、『隠里』に閉じ込められた手伝いの熊さん達を救い出すという寸法だ。

えっ、「『夢枕』の数が一個多いって？　なにかの時の予備かって？」　いやいや、これは『隠里』妖怪用だ。この際『隠里』を操る妖怪にも眠ってもらう方が、仕事がしやすいというわけだ。…ん？　待てよ。『夢枕』の世界の、そのまた『夢枕』だから、起きてもらうという言い方が正しいかもしれない。あとはどんな妖術が飛び出すかもわからないから、念のため、以前博士が開発した『ポケット核弾頭ミサイル』を携行することにした。もっともこれを使えば、冗談抜きに地球の半分くらいは、軽くぶっ飛ぶだろう。

別にもう一つ大きな問題がある（って地球破壊より大っきな問題があるんかいな？）。『逢魔時』には『隠里』妖怪だけではなく、おそらく数え切れないほどの魑魅魍魎が出没するはずだ。如何に百戦錬磨？　の暇人とはいえ、とても太刀打ちできる話ではない。

そこで東の大御所、入船亭圓宝の出番と相成る。『逢魔が刻』の燕雀師の高座と並行し、同時に圓宝師匠にも、これまた十八番《おはこ》の『三十石』を演じてもらう。「西の燕雀、東の圓宝」両者一歩も引かぬ名人上手なれば、数多の魑魅魍魎が圓宝師の落語に引き寄せられ、あわよくば、こちらは『隠里』妖怪のみに集中できるという算段だ。
とにかく急な話だ。果たして圓宝師匠の都合がつくかどうか。そこはひばりさんルートに頼るしかないが、噂では圓宝師のスケジュールは二、三年先まで決まっているとも言うし、筋金入りの頑固者との評判だから、たとえ億万の大金を積んでも、気に入らなければ首を縦に振らないそうだ。

「最後ニ明後日ノ番付ヲ発表スル」
と前置きして、博士がメモを読み上げた。

十両　ハルク　喜六役
前頭　商人　清八役
小結　哲学　船頭ソノ他諸々
関脇　ダビンチ　謎ノ絵師
大関　和尚　謎ノ僧侶
横綱　サイコ　謎ノ女
以上六名が『三十石』と『隠里』の土俵入り部隊。
立行事（式守伊之助）　小生（博士）

正面解説（北の富士）　おかん
呼出し（とん吉）　麻呂
以上三名は支度部屋待機。

ドイツ人のくせに大の相撲ファンの博士。無理くり番付を作りたかったとしか言い様がない。ハルク・商人・哲学の三君は各々、『三十石』オリジナルの登場人物に成りすます。ダビンチ・和尚・サイコのトリオは、いずれも架空の人物。だから自由に動けると言うことだが、「謎ノ女」サイコに至ってはもう何でもありだ。しかも横綱の番付。如何な博士もサイコには相当気を遣ってるようだ。

とは言え、全面支援を申し出たダビンチ君をメンバーに加えるのは問題ないが、レギュラー陣でもないおかんが名解説の北の富士さんとは…。それに引き替え…勿論呼出しも大相撲を支える立派な仕事だが、それなら無理にパロらず、名調子の寛吉のままにしてほしかった。


「ハルクや商人が主役なのに、俺はその他大勢か」

僕より先に、哲学君が不満の声を上げた。

「作戦参謀ガ主役デハ、イザトイウトキ、動キガ取レナイ」

と煙に巻くように博士。

「居残り組の僕より、よっぽどいいよ。しかも三役だし」
仕方なく僕が宥めた。そんなやりとりを聞いて、何か言いた気なハルクも商人君も口をつぐんだ。

まぁ冷静に考えてみれば、妖怪・物の怪が闊歩する異界に飛び込んでゆくのだ。不測の事態を想定すれば、司令塔の博士と、雑務をこなす僕が待機して、頭脳明晰なダビンチ君に現場の指揮を委ねる方がいい。それに超能力のサイコや超合金のハルク、口八丁の商人君に悪運強い哲学君、法力の和尚さんと、千両役者が揃っている。結論としてはこれが最強の布陣だろう。

「以上。ソレデハ当日マデニ、各自、配布シタ落語ＤＶＤヲ基ニ、正確ニ台詞ヲ憶エテオクヨウニ」

そう申し渡した博士は、台詞なしの予習なし、ウキウキ気分のサイコや、役柄も憶える台詞も多すぎて途方に暮れる哲学君に背を向け、足早に研究室へ姿を消した。

言い忘れたが、『誰でも真打ち張扇』の方は、当然のことながらお蔵入りになった。「東西人間国宝・夢の競演」を目論む今、にわか真打ちの使い途などありゃしない。

陸ノ章　「燕雀いずくんぞ…」

所変わって、ここ大阪池田の燕雀宅。

「せめて話だけでも通してよ」

「だからひばちゃん、さっきから言ってるじゃねぇか。明日はダメだって。氷川のお師匠が、ずっと楽しみにしてた大会なんだから」

受話器を間に、そんな押し問答が繰り返されていた。

ひばりさんの電話の相手は、気心知れた三ちゃんこと入船亭三宝。圓宝師匠の直弟子で、マネージャーを兼任している。圓宝師は特定の事務所の専属になる不自由を嫌い、落語も私生活もそつなくこなす三宝さんが、師匠の仕事を仕切って、マネジメントしていた。

ひばりさんと三宝さんは年が近く、当代随一の名人を師と仰ぐ境遇も似て、東西交流で東京・大阪を往来するうち心安くなった。「三ちゃん」「ひばちゃん」と互いに無理を言い合える間柄なのに、今回は全く取り付く島がなかった。ひばりさんにしてみれば、「ダメ元で取り次ぐぐらいしてくれても」とボヤきたくもなる。

六代目入船亭圓宝。幕末維新の立役者、あの勝海舟の末裔だと言う。住居もかつて海舟が棲んだ赤坂氷川坂にあって、仲間うちから「氷川のお師匠さん」、古老連には「六代目」と呼ばれている。下町生まれの下町育ち。短気でべらんめぃの典型的な江戸っ子気質だ。三宝さんの話によると、他の噺家連中と少し毛色が違ってて、元警視庁の警察官だと言う。あの連合赤軍の浅間山荘事件の後、思うところがあって職を辞し、落語家へ転身したという変わり種。そしてとにかく新しい物好き。特にＩＴ関連の新製品には目がなく、見つけ次第、Amazonか楽天に発注する。ＳＮＳも発信するし、仮想通貨にも手を出す。

それから先ほど三宝さんが言った大会というのは、圓宝師が最近はまっている「ｅスポーツ」の格闘技ゲームの東日本大会のことだ。シニア部門の優勝を狙っている。実力的には十分可能だと言う。

「そんなの、目クソ鼻クソの、オタク遊びじゃないの！」

腹立ち紛れか、温厚なひばりさんには珍しく過激に、三宝さんに毒づいたものの、埒が明かない。仕方なく、いったん電話を切った。

燕雀師匠の自宅は、上方落語『池田の猪買い』で知られる大阪池田の閑静な住宅街にある。燕雀師は基本的に質素倹約の人ではあるが、事住まいに関しては拘りがあり、十年前に移り住んだこの家も、素人ながら自身で図面を引いたり、設計段階からいろいろ注文を付けていたようだ。

広々とした敷地内に、数寄屋造りの二階屋と、別棟の高座や客席のある稽古場を備えた立派な邸宅だった。稽古場は一門がいつでもネタ繰りできるようにという、燕雀師の親心に違いない。ただ母屋は一人暮らしの燕雀師には、間取りが広すぎるように思われる。長らく協会の会長を務めた人だから、三度三度の食事などと違い、外から見える住まいの品格というべきものが、未来の落語家を志す者へのステータスだと考えたのかもしれない。

それから燕雀師のもう一つの拘りが電話機だ。スマホもガラケーも一切持たない。先刻ひばりさんと三宝さんが話した自宅の電話も、昔懐かしい黒電話。そう、あのダイヤル式の。そもそも今時、そんなアナログ電話なんて、博物館にでも行かなきゃお目にかかれない代物だが、何とわざわざ、黒電話の中身をデジタル用に改良してもらった代物だ。ひばりさんが聞いた話では、ダイヤルにかけた指を回すか、回すまいかという躊躇いが、噺の中のちょっとした仕草に活かされるのだと言う。

素人の僕達には、芸の機微などわかるすべもないが、そう言えば、和尚さんが関係資料を見て書き出したメモの一つに、燕雀師のインタビュー記事があった。その中で師は「0か1かのデジタル信号から零れ落ちる想いがある。それを丹念に拾い集め、何気ない言葉に籠めるのが、わたしの落語の原点だ」と語っていた。

ひばりさんが言うように、仕事関係は事務所に任せればいい。黒電話だろうと何だろうと、話しさえできれば支障はない。第一弟子から師匠にメールでものを言うなど、この世界のしきたりでは、通常あり得ないことだ。

床の間を背に端座し、黙ってひばりさんから電話の顚末を聞いた燕雀師匠。いつもの思案するときの癖で、着物の懐に左手を指し入れながら、暫し瞑目した後、やむなく『逢魔が刻』の延期を決めた。後始末を考えると、文字どおり苦渋の決断だ。

明日の『逢魔が刻』落語会は、十回目の区切りの記念公演として、『東の旅』通しのリレー落語をやる。しかも燕雀師の演目は、一門代々のお家芸『三十石夢乃通路』だ。前売りチケットは即時完売し、三時間に及ぶＴＶ完全生中継も入っている。今さら延期となれば、億を超える違約弁償金を支払わなければなるまい。勿論その前に、記者会見を開き、マスコミに延期理由を説明しないことには収まらない。しかしありのままを述べても、誰も信じてくれる者はいないだろう。

イエス・ノーの答えは別にして、はじめから燕雀師と氷川の圓宝師匠と、直談判する方が手っ取り早い。それは百も承知のことだが、話はそう簡単にいかないのだ。

両雄並び立たずの譬えどおり、東西落語会やＴＶ番組で顔を合わせても、挨拶はするものの、それ以上の接触は一切ない。巷間噂される犬猿の仲。周囲の者が見る限り、とても直接話ができるような状況にはないようだ。

圓宝師の取り巻き連中は、事あるごとに「燕雀いずくんぞ、鴻鵠の志を知らんや」と、古代中国の秦末期、あの「陳勝・呉広の乱」の陳勝が述べた大志に擬え、「燕雀何するものぞ！」と気炎を上げていると言う。そうなると勢い、燕雀師匠に近い噺家の反撥を招くことになる。

そんな周囲の感情や思惑は脇に置いて、両人の人間的度量を考えれば、犬猿の仲と言われても、本当のところはよくわからない。単に性格が合わないというワイドショー的な世評じゃなく、何か別の理由があるような気もするのだが、今それをほじくる余裕もなかった。

一番弟子の鷗雀を筆頭に、一門全員が稽古場に待機し、首を長くして結果を待っていた。

燕雀師は少子直伝が信条。なので直弟子は末っ子のひばりさんを含め三人だけだが、自分の信念を押し付けるつもりはなく、弟子に対しては逆に、落語界の活性のため多く弟子を取れと言っていた。それもあってか、鷗雀、扇雀共に末広がりの八人の弟子がいて、そのまた下の曾孫弟子もチラホラと。末っ子のひばりさんにも、近頃初弟子が入門した。また燕雀一門のほか、師の芸と人柄を慕って、何かと理由を付け、出入りする他門の若手を含めると、その数総勢五、六十人にも及ぼうか。

勿論如何に広い稽古場とはいえ、一度にそれだけの人数は入れない。もっとも今回の『逢魔が刻』の件は、元々が一門会が発端だから、今日緊急参集されたメンバーも燕雀一門にとどめられていた。

ひばりさんからの報告を受け、多士済々な一門連中が口角泡を飛ばし、喧々諤々の議論を闘わせたものの、妙案など出るはずもない。

結局、燕雀師匠の決断に従い、腹を括って会を延期し、負債は一門みんなで、頑張って返済することに話が落ち着いた。あとは手分けして延期の手配に当たる。その前にひばりさんから、取り急ぎこの結果を暇人に連絡することとなった。

漆ノ章　泣く子も黙る…

「なめんなよ、大阪人を！」

サイコの小鼻がピクピクと小刻みに動いた。滅多にないことだが、本気で怒っているときの仕草だ。

「漢方だか、忍法だか、しらんけど、なに様やぃ！　危急存亡のときやないの、天下国家を見据えんしゃぃ！」

気持ちはわかるが、サイコ、君に天下国家は似合わない。それに残念ながら君は大阪人ではない。

「しゃあない。このまま強行突破しまっか？」と商人君。

勿論暇人全員、今さらこの事件から手を引くつもりなど毛頭ないが、さりとて数多の魑魅魍魎を全部敵に回すとなれば、迂闊に商人君のイケイケに同調するわけにもいかない。

何か次善の策はないものか。

「♪南無阿弥陀〜仏、南無阿弥陀〜〜」

プツンと話が切れたまま、和尚さんが唱える三時の『正信偈』だけが、沈黙した二階の仕事場に響く。重苦しい雰囲気が漂い始めた丁度そのときだった。

一階受付の呼出チャイムがけたたましく鳴った。しかもしつこく何度も。これはおかんの仕業に違いない。

「そっか、今日は土曜か」

「今どき、どっこも週休二日やで」

何だかホッとしたように僕と商人君。

すっかり忘れていたが、土曜日はいつもおかんがおやつを差入れに来てくれる。ありがたいことだが、でもうかうかしてると、結局サイコと差入れに来たはずのおかんに、全部食べ尽くされてしまう。

おかんは土曜の午後が非番。息が合わない噺家も、虫の好かない芸人もいる。それなりにストレスも溜まると、いつだかハルクがそんなことを言っていた。だから差入れにかこつけ、気の合うサイコと駄弁るのを楽しみにしてるのだろう。もっともおかんが来たら、大抵二、三時間は平気で居座るから、本当は商人君が言うように、経費節減のため土曜は休みか、せめて半ドンにした方がいいように思う。勿論今はそんな悠長なことを言ってる場合ではないが。

衣替えが近付くこの季節、例年衣服の選択に迷う時期なのだが、今年は連日、夏日が続いている。特にここ一週間、外出はTシャツ一枚でも汗ばむほどだ。

引っ越し前の雑居ビルはしょっちゅうエアコンが故障して、京都の茹だるような暑さをよく耐え忍んだ。われながら感心する。それに比べてここは、繊細な人感センサーと高性能な温湿度調節のため、暑くもなく寒くもなく快適そのものだ。それなのに、ひばりさんの『隠里』ではないが、人の性《さが》というものは救い難く、あの不健康極まる劣悪な執務環境が不思議と恋しくなったりする。


「ほんにここは、涼しゅ〜てええわぁ。わてらの楽屋、まだ扇風機だけんとこも多いやろ」

「そうなんや。今どき人権侵害ね」

「せやで。涼しいんは、法善寺さんぐらいやな。あそこは、三代目の肝煎りで、ちゃんと作っとうさかい」

「いっぺん、熱中症や言うて、救急車呼んだら？」

「せやな、泡吹いて倒れたろか」

持参した天こ盛りのタコ焼きを頬張りながら、おかんはサイコ相手に、世間話に花を咲かせた。

ちなみにタコ焼きのときはいつも、黒門市場の本家『蛸っ八』で焼きたてを買い、冷めないようにと使い捨てカイロにくるんで来る。ああ見えて、おかんには細かい気遣いがある。

「せやけど、今年は、ロナウジーニョ現象ちゅうのに、なんでこんな暑いんやろ？」

（^_^;）＼（・_・）…それを言うなら「エルニーニョ現象」だ。ロナウジーニョは元ブラジル代表のサッカー選手だ。

「そやそや今日はな、あんたに、明日の衣装、選んでもらおう思てな」

思い出したようにおかん。おもむろに風呂敷包みから無地や縞柄の着物を三、四枚取り出した。

「明日はな、燕雀代々お家芸の『三十石』や。わたいが出囃子の立三味、弾かしてもらうねん。ＴＶ映りええようにしとかんとなぁ」

そう言って、手にした着物を代わる代わる、ド派手なヒョウ柄ワンピースの胸元に翳してみせた。

かつて人気グラドルとして活躍し、名だたるファッション誌の巻頭を、幾度となく飾ったサイコのセンスは抜群だ。おかんもそれをよく知っている。

「全部いいよ。おかん、なに着ても似合うし」

「よう言うわ、冴ちゃん。べんちゃら、上手いなぁ」

と言いながら、まんざらでもなさそうなおかん。照れ隠しに、近くにいたハルクの腕を引っ張って、頭を何度もはたいた。

「いっそ、そのヒョウ柄のまま出たら？　そしたら、おかん、一躍有名になるかも」

「せやなぁ、それもええかなぁ」

これ以上おかんを焚き付けるな。僕が止めに入ろうとする前に、さすがに息子のハルクがダメ出しをした。

幼い頃母親を亡くしたサイコを、伯母のおかんと幼馴染の僕の母が、何かと面倒を看ていた。それもあってか、サイコはおかんには素直で良い子だった。

二人の井戸端会議は、天こ盛りのタコ焼きを一つ残らず平らげても、まだまだ衰える気配はない。

腕組みしながら沈黙していた博士が、一呼吸して、窓際の電波時計に目をやった。

そろそろひばりさんに連絡を入れないといけない。仮に明日の『逢魔が刻』をドタキャンするにしても、ここまで来たらもう、今日も明日も同じことだ。「五時までに結論を伝える。それまで動かずに待ってほしい」旨、ひばりさんにお願いしてある。まだ少し時間はあるが、商人君が言うように強行突破しかないだろう。この期に及び、別の策も出てこないし、もう氷川の圓宝師匠に頼るすべもない。

「私が姉貴に連絡しましょう」

ダビンチ君が気を利かせて言った。

「ヨロシク頼ム」

と博士が答えたそのときだった。

「あのハナ垂れが、んなクソ生意気なこと、言うてんのかいな?!」

不意を突いたおかんのドラ声に、思わず僕達は釘付けになった。

「よっしゃ、わてが言うたる！」

「おかん、圓宝、よう知っとるん？」

「知ってるもクソも…。前座の小圓の時分から、どんだけ世話したったか」

「一筋縄じゃいかない、頑固ジジイみたいよ」

「大丈夫や。わてに任しとき」

サイコの懸念を吹き飛ばすように、おかんはポンと一つお腹を叩いてみせた。そのときまるでおかんの気迫が乗り移ったかのように、胸元に見えた豹の貌が一瞬、大きな雄叫びを上げたような気がした。

瓢箪から駒。いつ終わるともしれない井戸端会議も時に思わぬ成果を生む。出がらしを棄て、新しいお茶に入れ替えながら、サイコはペコリとおかんに頭を下げた。蛇足だが、いつもこんなふうに素直でいてくれたら、みんな苦労せずにすむのだが…（∨_∧）（＞_＜）。

「言うても、圓宝の沽券もあるやろ。せやから詳しゅう話はでけへんけどな。ちゃんと首根っこ摑んどる。わての言うことは、なんでも聞きよるはずや」

大言壮語とは言わないが、おかんのことだ。そのまま鵜呑みにしていいものかどうか…。

「論より証拠や。おい源、圓宝の電話わかるかぇ？　わてが直談判したる」

言われたハルクより先に、ダビンチ君が素早く自分のスマホから圓宝師匠の家に電話をかけ、おかんに替わった。

「わかっとるやろな、小圓！　四の五のぬかしたら、昔の不始末、今すぐフェイクブックで拡散して、炎上させたるでぇ！」

物凄い剣幕のおかん。マシンガンのように一方的にまくし立てた。…だが、おかん、それを言うなら「フェイスブック」だ。でもまあ、おかんにはフェイクの方が似合ってるか（＞◁＜;）。


思い出したことがある。中学時代、同じクラスにいたサイコが、些細なことから一年上の不良グループに因縁を付けられ、体育館裏の物置場に呼び出されたことがあった。昔から非力な僕だったが、見過ごすわけにもいかない。意を決して駆け付けたとき、あろうことか、サイコは取り囲まれた四、五人のリーダー格の男に一発、平手打ちを喰らわせたところだった。仕方なく僕は、ボコボコにされるのを覚悟に割って入ったが、間一髪、クラスの誰かが指導担任に通報してくれ、事なきを得た。

問題はその後だ。使い切れぬほどの小遣いだけ与え、あとはわが子のことなど何一つ関わろうとしない、そんな不良グループの親連中が、代わる代わる学校へ苦情を申し立てた。それを多忙な宗一朗おじさんに代わって、受けて立ったのがおかんだ。後で担任の先生が言うには、おかんが教師や親連中相手に、惚れ惚れする見事な啖呵を切った。昔流行った東映ヤクザ映画の「緋牡丹お竜」顔負けの迫力だった。無論不良グループの嫌がらせはピタリと止んだ。

以後教員父兄の間で、「泣く子も黙るヒョウ柄おぎん」と畏敬され、いつしかそれが母校の伝説となった。


さて肝心の氷川の圓宝師匠の答えだが、おかんによると二つ返事で快く引き受けてくれた。上方落語存亡の危機を知った圓宝師、嘘か本当か、今か今かと誘いの連絡を待っていたと言う。ギャラも交通費も要らない。会場が取れないなら、駐車場の隅でもいいと言う。喜んで協力するとのことだった。

怪談噺の決め台詞ではないが、「はて恐ろしい、チョ～ン！　ヒョウ柄おぎんよなぁ～！」…字余り（^_^;)。

捌ノ章　いざ、夢の競演へ

　陽が大きく西に傾き、真夏を思わせる熱暑が和らぎ始めた頃、大阪城公園に隣接した府民ホール前広場は、立錐《りっすい》の余地なく群衆に埋め尽くされ、終息しかけた暑気に取って代わるように、密集した人の熱気が辺り一面を覆った。中には熱中症で病院搬送される者もいて、急きょ給水車が手配され、メインホールの屋上から冷水ミストが散布された。

　ニュース報道によれば、府警本部長自ら警備に当たる警官の倍増を指示し、不測の事態に備えて、機動隊も待機させていると言う。まるでサミット級の警備体制だった。

　宣伝ヘリコプターが上空を舞いながら、「『三十石』夢の東西競演、世紀の人間国宝対決」と喧伝し、『逢魔が刻』落語会に急きょ参戦した圓宝師と、満を持して迎え撃つ燕雀師の対決構図を煽って、四方八方から打ち寄せた人の波が今や遅しと、開場・開演を待ち侘びていた。

　しかしながら会場のキャパは、燕雀一門のメインホールと、圓宝師が使う急拵えの第一サブに、補助イスを加えても、合計一七〇〇人しか収容できない。僅かに残った当日券も一瞬で完売した。このため主催者側と中継のＴＶ局が協議の上、急きょ会場前に巨大なオーロラビジョンを設置し、場外に押し寄せたファンに会場の模様をライブ配信することとなった。

「開場まで、まだ二時間近くあるというのに、これはもう、信じられない光景ですね！」

勤め始めてまだ日も浅いと思しき若手アナウンサーが、人波に揉まれながら、その傍らで押し流されまいと懸命に堪える、物知り顔の演芸評論家へ、やや興奮気味に水を向けた。

「そりゃあ、燕雀と圓宝、当代両巨頭、夢の競演ですからね。でも正直わたしも、ここまでとは…」

圓宝師匠の来演が正式に決まったのは昨日の夜。時間がないため、TV局の担当者がSNSを駆使して宣伝したら、あれよあれよと拡散し、こんな人だかりになってしまった。楽屋入りのとき、ひばりさんに聞いたら、TV局も事務所も事前連絡を怠ったということで、府庁や府警本部から大目玉を喰らったと言う。

「さて、今宵の見所なんですが」

「もちろん、ご両所が演じる『三十石』の聴き比べですね。どちらに軍配が上がるか？落語ファンの一人として、私も楽しみにしています」

おそらく先輩アナに教えられたのだろう。そんなお決まりの質問に、解説者も心得たものだ。ちゃんとお約束どおりの答えを返していた。

「ほたら、あんじょう頼むで！」

弁当や飲み物、グッズ販売やらと、営業準備慌ただしい最中、一際響き渡る声を残し、おかんが二階から僕達の屯するロビーへと、足早に下りてきた。

その出で立ちはレインボーカラーの前衛的な着物に、金銀散りばめたキラキラの帯。昔サイコが、宗一朗おじさんの『Kyou・Amano』の専属モデルだった頃、確か新作発表のときに着ていた着物のように思う。ハルクの苦虫を嚙み潰した表情を見るまでもなく、これならいつものヒョウ柄の方が、まだましだったような気がする。

それはそれとして、早々に楽屋入りした圓宝師匠の控室を訪ねたおかん。事の経緯と今夜の段取りを説明し、小一時間も話し込んでただろうか。

「顔見るなり、『お前、何様や！　わてに逆らうんは、百年早いわ！』言うたったら、平謝りに謝っとったわ。あいつな、ほんまは義理人情に篤い、ええ男なんや」

おかんの話によると、巷間噂される燕雀・圓宝の不仲説は、どうやら両人の取り巻き連中や、それに便乗した一部マスコミのゴシップに煽られているだけだ。当人同士は、昔から知らぬ仲じゃなし。互いの人格・力量を認め合っていると言う。

今回の競演にしても、「上方落語存亡の危機だ。義理のあるおぎんちゃんじゃなくても、全面協力したよ」と言い、ひばりさんの電話を、自分の一存で握り潰した弟子の三宝を、こっぴどく叱り付けたと言う。「個人的な『eスポーツ』なんぞと、同列に扱うんじゃねえ」と。

飛び入り出演の圓宝師との話も済ませ、「名解説の北の富士」と持ち上げられた役目を無事果たしたおかん。僕達相手にひとしきり立ち話した後、本番準備のため、早めに下座の楽屋へと姿を消した。

後は開場・開演を待つばかりだ。手持ち無沙汰だから、ひばりさんに頼んで、燕雀一門揃いの法被を借り、ロビーの一角に並べた公演パンフレットや、一門勢揃いのポスター、落語CD、サイン入り扇子、手拭い等々、グッズ販売の準備を手伝うことにした。

大一番を目前にあれこれ思うよりは、適当に身体を動かしている方が気が楽だ。それに今日会場に来て、初めて知ったのだが、『逢魔が刻』落語会は『Kyou・Amano』グループも協賛している。商品売上に少しでも貢献できれば、それは燕雀事務所や落語協会のほか、巡り巡って、何かと世話になってる宗一朗おじさんの役にも立つだろう。

手分けして粗方商品の陳列が終わりかけた時分、暫く席を外してたダビンチ君が、紺の法被を翻し、勢いよくロビーに駆け下りてきた。確かひばりさんを訪ね、一門の楽屋を覗きに行ったはずだ。

「ちょっとトラブルが起きました」

息を弾ませてダビンチ君。とっさに作戦の段取りが狂ったかと思ったが、そうではなかった。

「扇兵衛さんの高座に、穴が開きました」

桂扇兵衛。燕雀師匠の孫弟子にして扇雀師匠の末弟子。今宵の前座『東の旅発端』が、彼の初舞台の予定だった。

「顔が腫れ、高熱が出たため、病院に行ったら、案の定、流行性耳下腺炎の診断だったと、姉貴が言ってました」

「流行性耳下腺炎？」首を捻るハルク。

「バカねぇ〜、お多福、お多福風邪よ！」

「誰ガ穴ヲ埋メル？」

サイコの直球ツッコミを横合いから引き取るように、博士がダビンチ君に尋ねた。

「そこなんです。鳴物を担当する一門のお弟子さんが、二、三人、いるにはいるんですが、この異様な盛り上がりに、みんな腰が引けてしまって…」

いったん言葉を切ってダビンチ君、意味ありげに博士に目配せした。

「ソンナコトモアロウカト、念ノタメ持ッテキタ」

いつの間に忍ばせたのか、博士は法被の袖口から、没になったはずの、件の『真打ち張扇』を取り出した。

念のため…なわけがない。嬉しさを嚙み殺した博士のあの素っ気ない表情が、何よりの証拠だ。

「誰ガイイ?」

待ってましたとばかりに、皆一斉に僕を指差した。いつもてんでバラバラなくせに、こんなときだけ物の見事に意見が一致する。

「ハイハイ、そりゃあ、僕は居残りの雑用ですから。別にこれという役目もないし、やれと言われりゃ、なんでもやりますけど」

「いいなぁ綾ちゃん、ほんと、羨ましい」

よく言うよ。サイコの嘘つき。

「上方落語の超新星、現る!」

「彗星ガ如キ、鮮烈デビュー!」

「これぞ、落語界のマルクス革命!」

「売れたら、マネージャーしたるでぇ」

「南無阿弥陀仏、南無阿弥陀仏」

みんな、好き勝手を言う。

「早う、ネタ憶えんと」

「名前どうする?」

「一門会ダカラ、燕雀カ弟子ノ一字モラッテ」

「桂雀麻呂?」

「ヒネりがないわね。ちょっと待って。わたしがいいの、考えたげるから」

名前などどうでもいいが、そうとなれば、こんなところでのんびりしてる場合ではない。

玖ノ章　超新星、現る!?

舞台袖のめくりが翻って、おかんが即興編曲した出囃子「オクラホマ・ミクサー」…あのフォークダンスの名曲が鳴り響く。思いがけないアクシデントを、逆に楽しむかのような観客の拍手・歓声を浴びながら、ズブの素人の僕はもう破れかぶれで、前座の高座へと上がった。

めくりに書かれた名は「綾小路亭ともまろ」…要するに本名とあだ名の単なる組み合わせだ。ハルクの雀麻呂と比べ、サイコが何処をどうヒネったのか、さっぱりわからない。しかも誰かのパクリみたいな名前だ。

鳴物が止み、博士が作った張扇で見台を一つポンと叩いたら、不思議なものだ。後は勝手に口がスラスラと言葉を紡ぎ出した。

さて、われわれ同様、喜六・清八というウマの合うた二人。お伊勢参りでもしようかという、でもつきの伊勢参り。

黄道吉日を選んで、大勢の人に見送られながら、安堂寺橋から東へ東へと旅立ちます。勝手に動く口や仕草とは裏腹に、本当の僕は醒めた目で、天上から吊り下がる満員御礼の垂幕を眺めていた。

ふと子供の頃、『祇園会《ぎおんえ》』の稚児に選ばれ、長刀鉾に乗ったときのことを思い出した。無論こんな秘密兵器などなかったが、あのときも別の自分が勝手に神事の大役を果たしていたような気がする。


「やるじゃん、綾ちゃん。さすが『誰でも真打ち』ね」

舞台の袖から高座を覗き込みながら、そう呟いたサイコは、ふと昔のことを思い出していた。


その日は朝から抜けるような青空だった。秋風が火照った耳朶を心地良く撫でていた。所狭しとぶつかり合う騎馬戦、入り乱れる赤白の帽子…白線の外から高学年の競技をぼんやり眺めながら、体育館座りして、サイコは自分達の出番を待っていた。

男女縦一列ずつに並んだ一番前に座る男子のことが、さっきから気になっていた。痩せっぽちで背が低く、見るからに気の弱そうな男の子。なのに『祇園会』の稚児さんを凛々しく堂々と演じた男の子。面と向かえば憎まれ口しかきかないくせに、気になって仕方なかった。

心待ちした「オクラホマ・ミクサー」の音楽が秋空に響く。それを合図にクラス担任に先導され、サイコ達は運動場の中央へと躍り出た。三巡目にあいつと当たる。そう思うと、サイコはもう今にも胸が張り裂けそうになった。

後日おかんに聞いた話だが、「オクラホマ・ミクサー」を僕の出囃子にしたのは、サイコの依頼だったと言う。


僕とサイコは、保育園から大学まで同園・同学の同窓生だったこともあり、彼女は学校帰りに、そのまま僕の家に寄って、よく夕食を食べて帰ったものだ。宗一朗おじさんの仕事が忙しく、母親代わりのおかんも、日中は中々サイコの様子を見に来る余裕はなく、勢い僕の母が僕とニコイチで面倒を見る形になった。

サイコはおかん同様、僕の母を実母のように慕い、傍目には仲の良い本当の母子に見えただろう。だから僕は長い間、サイコが僕の家に入り浸るのを、母の近くにいたいからだとばかり思っていた。


大阪離れて早や玉造（トトト・トン）。

笠を買うなら深江が名所（ツ・トトト・トン）。

小拍子の音軽やかに、綾小路亭ともまろ演じる『東の旅』は、トントンと小気味よく進む。

「あれ、誰？」

「ホントに前座？」

「上手すぎるやん」

「ちょっとイケメンやし」

「追っかけしようかなぁ」

独身ＯＬのざわめきの声が、何だか手に取るように高座の僕に伝わってくる。

「コノ調子ナラ、大丈夫ダロウ」

発明品の効果を確かめ一安心した博士。頃合いを見計らい、舞台袖から立ち上がった。

「ソロソロ就寝ノ時間ダ」

『逢魔が刻』はまだ始まったばかり。トリの燕雀師匠の出番まで、中入り休憩を挟んで、まだ二時間余りあるのだが、博士が言うには、『夢枕』が効果を発揮するには、深い眠り、いわゆるノンレム睡眠の状態が必要で、脳が活動を休止し、ノンレム状態になるためには、一、二時間は見積もった方がよいとのことだった。

博士に促され、皆が一斉に立ち上がったとき、ハルクが羽織った法被の袖口から、何かポロリと床に転げ落ちた。

ん？　んん⁇　みんなの視線が集まる中、何食わぬ顔のハルク。素早くそれを拾い上げ、後ろ手に隠した。

「ン、ソレハ？」

見逃す博士ではない。

「一瞬、扇子ノヨウニ見エタガ…」

「お前、まさか」

「そう言えば、昨日『17時05分、ハルク、事務所の３Dプリンターを使用す。挙動不可解！』とある」

スマホのメモアプリを見ながら哲学君。さすがは記録魔だ。不審な行動は見逃さない。

確かにいつも定時退社して、駅前ジムで一汗流すのが日課のハルクだ。なのに昨日は自分から「セコムする」って一人居残りした。なるほど、そういうことだったか。

客席に聞こえてもいけない。皆が舞台裏へ移動した後、博士に詰め寄られ、頭を掻きながら、ハルクは隠していた物を差し出した。案の定、あの『誰でも真打ち張扇』だった。

「念ノタメニ確認スルガ、ドチラガ本物ダ」

聞くまでもない。今博士が手にしたやつが本物だ。悪戯好きのハルクが、こっそりレプリカと取り替えたのだ。

「最近の３Ｄ技術は、驚くべき進歩です。見た目は全然、区別がつきません」

笑いを噛み殺しながらダビンチ君。

「ん？　ということは？」

「南無阿弥陀仏。御愁傷様でござる」

掌を合わせる和尚さん。

おいおい、今さら贋物と言われても、僕はどうしたらいいんだ。

「そうね。まぁ見なかったことに…するっきゃないわね」

あっさりとサイコ。

「しゃあおまへんなぁ」

「麻呂ノ強運ヲ祈ロウ」

「今のまま、十分、真打ちの話しっぷり」

ハルクよ、それは本物の『張扇』と信じてるからだ。仕方ない。僕も聞かなかったことにしよう。

拾ノ章　わたしも一緒に連れてって

サイコ以下、暇人メンバーにダビンチ君を加えた計六名の面々は、カプセルホテルに似た各々の仮眠ブースに入室し、思い思いに眠りに就いた。

万雷の拍手に見送られ、高座を下りた僕が、そのブース前のソファーで寛ぐ博士の元に戻る頃には、聞き慣れたハルクの歯ぎしりと和尚さんの鼾、そして時折漏れるサイコの寝言が、博士が名付けた『三十石』土俵入り部隊の、深い眠りを教えてくれた。ちなみに鼾をかかない無呼吸症候群の哲学君と、意外にも寝返り一つ打たない商人君は、まるで仮死状態のように静かに眠っていた。


「申シ訳ナイコトヲシタ」

ソファーに座る僕を待ち、博士がおもむろに口を開いた。

「実ハ麻呂…」

「『張扇』のことでしょ」

「気付イテタカ?」

「だって僕、進行役だもん」

「ナルホド。シカシ、ソレニシテハ上手カッタ。落研ニ入ッテタトハ聞イテナイガ？」

「うん、正真正銘の初舞台だよ」

今にして思えば、悪戯のお詫びのような気がしないでもないが、舞台袖で出番を待っていたとき、ハルクが助言してくれた。

要するに『東の旅発端』は前座ネタ。とりあえず張扇と拍子木で見台を叩きながら、賑やかに演《や》る。あとは言葉に詰まらなければ、十中八九大丈夫だと。無論それだけで上手くなるはずもないのだが、何だかスーと肩の力が抜け、気が楽になった。

「ハルクのアドバイスと、強いて言えば、『オクラホマ』のお蔭かな」

「『オクラホマ』ッテ、アノ出囃子カ？」

首を捻る博士の顔を見ながら、僕はクスクス笑った。

「それより博士、誰にも言わないから教えてよ」

「何ノコトダ？」

「例の国家機密」

「アア、納豆ト糸コンニャクカ」

照れ笑いを浮かべた博士。

「麻呂ナライイダロウ。アレハ食用ダ」

「食用？　…ってまさか博士の？」

「ソウダ。納豆ノビタミンB群ハ、肌荒レヲ防グシ、美肌効果モアル。糸コンハ、最近、便秘ガ酷イカラダ」

なるほど。答えられないはずだ。国家機密のまま伏せておく方が無難だ。

「ソレハソウト、コンナ物ヲ作ッテミタ」

話を変え、博士はソファーの脇に置いた愛用のアタッシュケースから、小さなモニターを取り出した。

「コレハ『夢枕』ノオプションモニターダ。土俵入リ部隊ノ『夢枕』ニ、ソレゾレ発信器ヲ取リ付ケテアル」

「こんなの、いつの間に？」

「正確ニハ、サイコ達ガ仮眠ブースニ入ッタアト、麻呂ガ舞台ヲ下リテ、ココニ来ルマデノ間ダ」

すると、ものの十五分ほどの間か。さすが博士だ。

「アッチガ上手クイッテルカドウカ、ヤキモキスルヨリ、リアルタイムニ、現場ヲ見ル方ガ賢明ダ」

なるほど。ここで『三十石』部隊の様子を見守って、もし不測の事態が起きたら、即座に対応するというわけか。

「タダ残念ナコトニ、コレハ16Kデハナイ。手元ニ部品ガナカッタ。見ニクイガ4Kで我慢シテクレ」

って、世間ではまだ4Kで十分なのだが…。

ここ大阪府民ホールは、「人肌の温もりが伝わる距離感」を基本コンセプトとして設計されたが、建物構造は、中央が大きな吹抜けで、下が大円形のホール仕様となってて、立ち見を入れれば、ほぼ一万人収容の屋外劇場になる。だから篝火を焚いて、若手ミュージシャンのオールナイト・コンサートに利用されたりしている。しかしながら屋内会場の方はコンセプトどおり、おおむね客席数五、六百、『逢魔が刻』落語会に使うメインホールでも、千を超える人数は入らない。

仮眠ブースが奥に並ぶこの部屋は、本来警備室として使用されているところ、今日は半端ない警備人数なので、屋外テントに本部を置き、そちらに警備員が詰めて、隣の警察官仮設詰所と連携しつつ、厳重な警備に当たっていた。

僕達がいる警備室には、壁一面に建物内外の要所を映し出す大型の監視モニターが設置されていた。三十二分割に細分化されていたが、ソファー越しにでも、個々の画面の様子を精密に把握することができた。

当然ながら高座の監視画面もあり、博士との会話が途切れたとき、ふとモニターを見上げたら、丁度僕の後に出た鷗雀兄さんの二番弟子、鷗二朗さんの『軽業』の一席が終わったところだった。

した。

「先ハ長イ。オレ達モ少シ眠ロウ」

ソファーテーブルにあった今宵のプログラムを覗き込んだ後、博士は一息吐いて背伸びした。

中入り前に残り二席。中入り休憩後、雲雀・扇雀・燕雀の順に三席。最後は大喜利の大団円で、今夜の『逢魔が刻』がハネる。

早めの夕食も済ませたし、何より騙し討ちの初高座で疲れた。博士の言うとおり仮眠して、本番に備えるに越したことはない。

警備室は、僕達が座る事務スペースと奥にある仮眠ブースが、低いカウンターで仕切られている。カウンターの下が収納棚になってて、そこに仮眠用のブランケットが置かれている。博士が立ち上がって、四、五枚残った薄手のブランケットを無造作に掴んで、ソファーに戻った。

そんな動作を何気なく追っていた僕の目にチラリ、監視モニターが捉えた意外な画像が映った。それはポットとバスケットを抱えながら廊下を歩く、ひばりさんの姿だった。

「なんのお構いもできなくて、ごめんなさい」

モニター画面から消えたひばりさんは、直ぐに僕達のいる警備室へ姿を現した。

「特に、麻呂さんには、いきなり高座をお願いして、本当に助かりました」

会釈しながら、ひばりさんがテーブルに置いたバスケット。中には、三角おにぎりとサンドウィッチが、ぎっしり詰まっていた。

「夕食が早かったから、またお腹が空くと思って」

「忙しいのに、僕達のことは、放っておいてください」

「ここまできたら、あとは自分の出番を待つだけだから」

「もしかして、これ全部、ひばりさんのお手製ですか？」

「こう見えても、わたし、『早弁作りのひばり』で、結構名が通ってたんですよ」

と笑ってひばりさん。

「敏一が高校を卒業するまで、わたしが毎日、弟のお弁当を作ってたんです。今もそうだけど、あいつ、一つ事に熱中すると、食事も忘れちゃうから」

ひばりさんとは血の繋がった姉弟ではないと、ダビンチ君は言ってたが、でもそこには、そこはかと漂う家族愛が感じられ、博士も僕も何だかほっこりした。

「そうそう、うっかり忘れてました」

ソファーに座り直したひばりさんは、手にした白い封筒を、博士と僕の真ん中辺りに差し出した。

「師匠から預かってきました。相場がわからないから、空けてあります」

見ると、金額が空欄のままの小切手だった。

今回はおかんの口利きだし、着手金や報酬金の額を決めないまま事件を請け負った。まぁいつものことだが、こんな変テコな事件ならなおさら、サイコのことだ、きっと無報酬でも引き受けたに違いない。

「商人ガイナクテヨカッタ」思わず博士。

「とりあえず、お預かりします」と僕。

確かに商人君に、こんな白地小切手を渡そうものなら、それこそ大変なことになる。でも燕雀師匠やひばりさんがそこまで考えたとは思えないから、あらかじめ博士と僕の二人だけのときに渡そうとしていたのなら、ひょっとしたらおかんの入れ智恵かもしれない。ああ見えて意外と、おかんは物事の落とし所を心得ている。

「少し、お話しさせてもらっていい？」

急に砕けた表情になったひばりさん。頷く僕達の横顔をチラリと見て、急須にお湯を注いだ。書き放題の白地小切手を渡されたせいか、もう眠気は吹き飛んでしまった。

「あなた方を見ていると、いつも楽しそうで…」

「一番楽シイノハサイコ。二番ハオレカ？　和尚カ？」

「僕は全然、楽しくないですよ。みんな好き勝手にして、最後はいっつも、僕にシワ寄せくるんだから」

後段は僕の偽らざる気持ちだ。

「わたしは観たことがないんだけど、弟が言うの、『ONE PIECE』の『麦わら海賊団』みたいだって」

　誰とは言わぬが、確かに暇人には、「悪魔の実」を食べたとしか思えないやつもいる。

「遠慮なく、なんでも言い合えるのが一番よ」

「落語界はしきたりとかあって、大変でしょうね」

「うちの一門って、躾や稽古には厳しいけど、ほかは割合自由なんだ。それに師匠には、実の子みたいに、本当によくしてもらってる。でもやっぱり、この世界って、まだまだ閉鎖的だから」

　典型的な男中心、上下に厳しい古典芸能の世界にあって、二代目桂雲雀は人気・実力を兼ね備えた逸材だ。妬みや嫉みも手伝い、風当たりは相当キツいに違いない。一門の中は別にして、中々本音も言えないし、弱みも見せられないのだろう。

　奥の仮眠ブースからは相変わらず、歯ぎしりと鼾、そしてたまに僕を叱るサイコの寝言が聞こえた。

「敏一から聞いたと思うけど、わたし達、血の繋がった姉弟じゃないの」

　ひばりさんが、問わず語りに話し始めた。

　彼女は父親の知れない私生児として生まれた。母子のどちらの命を救えるかという緊迫した状況の下、自らの生命と引き換えに、母は娘を生んだ。自分の誕生日が母の命日となったことの心の重荷は察するに余りある。彼女は父のみならず、母親の顔も知らぬまま、遠縁の親戚で材木商を営む朝来の旧家・相田家に引き取られた。

ひばりさんを引き取る前の相田家は、老父と婿養子を迎えた若夫婦の三人暮らしだった。彼女は戸籍上老父の養女となったが、実際は子宝に恵まれない若夫婦が自分の子として育てた。

彼女が相田家の一員になって二十年近く経って、とうに実子を諦めた夫婦の間に、ひょっこりダビンチ君が生まれた。その後も夫婦は分け隔てなく二人の子に愛情を注ぎ、血の繋がらぬ姉弟は、実の姉弟以上に仲睦まじく暮らした。

ところが十年ほど前、夫婦が相次いで他界。老父も認知症が進み、今は介護施設にいる。多感な年頃に両親を亡くしたダビンチ君を、彼女は親代わりに世話を焼いた。

そう言えば昨日、帰りがけにダビンチ君が言ってた。姉貴は自分に気を遣って婚期を逃した。今からでも遅くないと言えばいつも、「落語がわたしの生涯の伴侶」だとはぐらかされる。今度の事件が解決すれば、次は姉貴の婿探しを頼みたいと、ダビンチ君が笑っていた。

ひばりさんの養父は、婿入り前から同郷の姫路出身の先代燕雀を贔屓にしており、当時、神戸新開地で定期開催されていた一門会の世話をしていた。その関係で一門の連中とも親しくなった。年の近い当代燕雀とは特に仲が良く、新開地に来たらいつも、朝来の家に連れてきて、朝まで酒を酌み交わしていた。

そんな経緯から大学進学後、養父の勧めで落研に入ったひばりさんが、プロの落語家を目指し、当代燕雀に入門したのはごく自然な流れなのだろう。ただ燕雀師は以前から、直弟子は二人目の扇雀が最後と公言していた。おそらくひばりさんの養父との交誼のため、信念を曲げて、彼女を引き受けたのだろう。

「どこの誰かもわからない父を、憎んだこともあった。今も、恨みがないと言えば、嘘になる。でも父には父の、止むに止まれぬ事情があったんだと思う。だから今は、父がどこかで、元気に暮らしていたら、もうそれでいいと、思うようにしてる」

「会ってみたいと思いませんか？」

暇人を始めて暫くした頃、鴨川縁に佇んだハルクが川面に小石を投げながら、ポツリと呟いた言葉を、僕は思い出していた。日焼けした頬を伝って、溢れ出る涙が夕陽に光っていた。それは仲良しのハルクが、時折僕に見せてくれる素顔だった。

「会いたいような…会うのが怖いような…」

冷めかけたほうじ茶を一息に飲み干し、ひばりさんは寂しそうに笑って、言葉を継いだ。

「でもわたしには、朝来の両親や祖父ちゃんがいたし、今も燕雀師匠や兄さん達がいるから」

手にした懐中時計の蓋をパチリと閉じ、着物の帯に挟んで、ひばりさんはソファーから立ち上がった。

「これからが大変なお仕事なのに、ごめんなさいね。すっかり長居しちゃって」

「貴女ト知リ合エテ、本当ニヨカッタ。落語モ日本モ、益々好キニナッタ」

最後まで黙って話を聞いていた博士。ドイツ生まれなのに、誰よりも日本人の心を理解する博士。ひばりさんの人としての佇まいに、ダビンチ君と姉弟引っくるめ、大いに尊敬の念を抱いたに違いない。

「そっくりそのまま、お返しするわ。ほんと、弟ともども、あなた方に出会えてよかった」

にっこりした後、ひばりさんは表情を改めた。

「もう一つお願いがある。できればわたしも一緒に、『隠里』へ連れてって」

拾壹ノ章　出て来い、隠里妖怪

　おかんの立て三味『都囃子』の囃子に乗って、いよいよ大トリを務める三代目桂燕雀が、いとも華やかに舞台袖から現れた。

　たまに気が抜けたように音を外しもするが、ここ一番のおかんの三味はピカ一だ。その艶やかな音色は、今宵名人燕雀が演じる、歴史に遺る一席を予感させるに十分だった。

　警備室のモニターが自動的に切り替わり、燕雀師と、時を同じくして別の舞台に上がった六代目入船亭圓宝の姿を、二人並べて映し出した。

　前代未聞、空前絶後の東西人間国宝による『三十石夢乃通路』競演の幕が、今切って落とされた。割れんばかりの客席の拍手は容易に鳴り止まず、御両所とも話し始めるまで、随分間を置かなければならなかった。

　観客同様僕達も、御両所の『三十石』を堪能したいのは山々だが、そうもいかない。僕らは博士が作った『夢枕モニター』を食い入るように見詰めた。人知れず、こちらも世紀の対決が始まったのだ。

自分の高座をつつがなく務め、そのまま仮眠ブースに滑り込んだひばりさん。元来寝付きが良いのか、直ぐさま深い眠りに落ちたようだった。相当疲れも溜まっていたのだろう。僕達と出会ってここ十日だけでも、随分ハードな毎日だったと思う。

ひばりさんには、『隠里』妖怪の『夢枕』として用意した最後の一個を使ってもらった。博士のことだから、もう一つくらい造作もないはずだ。別に納豆も糸コンニャクも必要ないのだし…。しかし博士はもう、追加の『夢枕』を作らなかった。

博士曰く、『隠里』妖怪の『夢枕』は、いわば借金のカタみたいなものらしい。『隠里』やそれを操る妖怪変化が多重の亜空間に存在すると考える、次元意識論の立場からすれば、名人上手が織りなす落語世界も『隠里』も同じように、僕達が棲む世界の物理の法則は通用しない。

人の意識は、一般に知られる直線・平面・空間・時間の四つの次元よりも、さらに高次元に在る非物質な時空間と潜在的に繋がっている。だから物質の『夢枕』を非物質の世界へ持ち込むということは、見方を変えれば、その者が『夢枕』を持つ意識さえあれば、既にそこに存在していることになる。つまり実際にはそこになくても『夢枕』があると信じればよい。先発の『三十石』潜入部隊は、『夢枕』はもう一つあると信じたままでいるのだから、それで十分とのことだ。何だかよくわからないが、「信じる者は救われる」…博士の言うことだから間違いなかろう。

それにしても燕雀師匠は、ひばりさんの潜入をよく許したものだ。そこには自分達を慈しみ育ててくれた古典落語の、その一つ一つの噺に命を吹き込み、磨き上げてきた先人の弛まぬ努力への、止まれぬ想いがあり、伝統ある上方落語崩壊の危機を、座して見ているわけにはいかなかったのだろう。

けれど本当にそれだけだろうか。命の保証など何処にもない、極めて危険なミッションなのだ。わが子同然の愛弟子を行かせる必要はない。だからひばりさんも燕雀師も、何か別に感じるところがあったのかもしれない。

ところで、世紀の競演となった『三十石夢乃通路』の物語は、喜六・清八の二人がお伊勢参りの帰り道、京都伏見街道を下って、伏見の浜から大坂天満八軒家へ行く、淀川下りの『三十石』夜舟の道中を面白可笑しく描く。前半は喜六・清八の伏見人形の冷やかしに始まり、船宿の番頭と乗船客のやりとり、船出の賑わい、好色男が妄想する粋な年増（実は老婆）との色恋話、旅人同士の軽妙な掛け合い、味のある船頭の舟唄等々が続く。後半は船中で五十両の大金が盗まれる騒動になるが、昨今は前半だけで終わり、最後まで演じる噺家はほとんどいない。

かつて水運盛んな時代、多くの乗客で賑わった三十石船も、明治の中頃には鉄道に取って代わられ、淀川からその姿を消してしまった。

僕達が凝視する『夢枕モニター』には、われらが喜六・清八が、伏見の船宿の二階に上がり船を待つくだり、宿の番頭が役場に届ける乗客名簿作成のため、船待ちの客に氏名・住所を確認する場面が映っていた。ここは演者の工夫どころで、西郷隆盛や小野小町等々…演者それぞれ、登場人物の違いはあれど、『三十石』一番の笑いどころだ。

予想どおりハルクと商人君の喜六・清八コンビは、絵に描いたようなはまり役。二人のボケとツッコミは、本物以上に本物らしかった。謎ノ女サイコは楊貴妃、和尚さんは弘法大師、ダビンチ君は左甚五郎、そして飛び入りひばりさんは女講談師・旭堂南陵江を名乗った。みんなそれらしく茶目っ気を発揮しているようだが、何と言っても秀逸は哲学君だった。

はじめに伏見街道沿いに並んだ人形屋の主人を演じた後、船宿の女子衆《おなごし》、番頭、そこからがまた大変。燕雀師の『三十石』はこの場面を結構膨らませていて、船待ち客も多士済々だ。アレキサンダー大王に始まり、シェイクスピア・諸葛孔明・坂本龍馬・中島みゆきに、横山ホットブラザースと並べた挙げ句、最後はカント・フィヒテ・シェリング・ヘーゲルのドイツ観念論哲学者へと続く。もっとも最後のくだりは、哲学君が勝手に入れたに相違ない。いずれにしても哲学君、八面六臂の大活躍だ。仮眠ブースに入る際まで、ブツクサぼやいてたが、その他大勢を随分楽しんでいるようだ。

他方、東の大御所演じる『三十石』だが、警備モニターを窺う限り、こちらも順調な滑り出し。ハルクの請け売りだが、圓宝師の『三十石』は、駆け落ち者の若い男女を登場させるなど、人情噺風に大胆にアレンジしている。笑いが抑えられる分、物語的には引き立つような演出だ。

博士と僕はほぼ同時に、カウンターのデジタル時計に目を向けた。

燕雀師匠が高座に上がって半時間近く経つ。『三十石』もいよいよ佳境だ。なのに物の怪一匹現れる気配がない。僕達は船宿二階の乗合客が怪しいと踏んだ。だから瞬きもせず、一心にモニターを睨んでいたのだが、何一つ変わった気配は感じられなかった。強いて言えば、われらが土俵入りの潜入部隊だけが、相当怪しくはあった。

「まさか『隠里』も、圓宝師匠の方へ行ったんじゃ？」

「イヤ、ソレハナイダロウ」

焦りを覚えた僕の言葉を、博士は即座に否定した。

「ソレナラ最初カラ、燕雀氏ニ取リ憑カナイダロウ」

どうやら博士も、『隠里』妖怪と燕雀・ひばり師弟の、何か因縁めいたものを感じていたようだ。

「『隠里』妖怪ノ狙イハ、燕雀氏ダ。トハ言エ、圓宝氏ガイナケレバ、魑魅魍魎ハ全部、燕雀氏ニ集中スル。ダカラ実力ガ伯仲シタ圓宝氏ヲ、対抗馬ニスルシカナカッタ」

勿論これはあくまで推測だ。間違いなく『隠里』妖怪が燕雀師の方に現れる保証はない。しかしここは、僕自身の直感と、百戦錬磨のリーダーを信じるしかあるまい。

目が乾いて集中力が鈍ってきた。モニター監視を暫く博士に任せ、僕は圓宝師匠が映る警備画面に目を向けた。

こちらは何だか少し様子が違った。元々圓宝師の『三十石』は原典に比べ相当長いのだが、それにしても今夜は進行が遅すぎた。普段どおりの出だしが、船宿の二階に移ってから、番頭と乗合客の掛け合いが延々と続いていた。ここはサラリと流したはずだ。勿論大阪人には、度を超した脱線もそれはそれで面白い。現に客席も笑いの渦なのだが、江戸前の粋な圓宝落語からは、明らかに逸脱していた。

わらわは雲州安来が産、七尋女《ななひろおんな》と申す。出雲神の代参にて、幾千年にわたる諍いを収めんと欲し、天照大神が鎮座せし皇大神宮へ使われし者。主大国主命がわらわの帰りを、今か今かと首を長ごうして待っておられる。ほれ、このように。

言うが早いか、ニョキニョキニョキと、細い首が七尋、今で言う、約12・6m も伸びて、船宿の天井を這い回る。

七尋女。世間では『ろくろ首』てぇ妖怪でやす。

度肝を抜かれた船宿の番頭。すってんころりのゴロゴロゴロッ…二階の階段から転げ落ちるってぇと、そのままパタリと気を失っちまう。

ろくろ首か。確か朝来の美術館にも妖怪絵があった。はは～ぁん。どうやら魑魅魍魎が圓宝師匠の噺に取り憑き、百鬼夜行を始めたようだ。船宿の客が怪しいと踏んだ僕達の読みは外れてはなかったようだ。

それを伝えようとした瞬間、博士が「あっ！」と声を上げた。

それは好色男が小粋な年増と思い込んだ老婆を、件の三十石船に割って入らせる場面だった。博士が反応するよりも早く、甚五郎ダビンチ君が見破った。何処から見ても温厚な老婆の目から、一瞬放たれた妖気を見逃さなかった。

目で合図を受けたハルクと商人君扮する喜六・清八。思惑が外れ、すぐにでもそこから離れたい好色男と入れ替わるように、素早く老婆の両脇へ。

ハルク得意のボケ咄で老婆を油断させている間に、商人君がU字型の『夢枕』を、その後ろ首に差し入れた。すかさずハルクが「北斗の拳」よろしく眠りの秘孔を突いた。まるで往年の馬場・猪木、長州・浜口顔負けの見事なタッグ連携だった。ハイタッチして喜ぶ楊貴妃サイコと講談師ひばりさん。空海和尚は勿論いつもの念仏を唱えた。

拾弐ノ章　それぞれの桃源郷

麗らかな昼下がり。食後のうたた寝から目覚めた信子は、不思議そうに周りを見渡していた。自分がどうしてこんな所にいるのか、ひょっとしたらまだ夢の続きを見ているのかわからなかった。

けれど今彼女が目にしている光景は、初めて見るものばかりなのに、まるで母の胎内にいたときのように、懐かしく愛おしいものに感じられた。

「信ちゃん、そろそろ紙芝居が来る時間よ」

後片付けの台所に立って、割烹着の背中を向けたまま、母と覚しき人が信子に優しく声をかけた。

「『墓場鬼太郎』の最終回だって、信ちゃん、楽しみにしてたでしょ。それと、明日は帰りが遅くなるから、早く宿題、すませときなさいよ」

そうだ。今日は紙芝居の日だ。それに明日の日曜は大好きな父母と、心待ちにしてた水族館だ。何だか少しずつ記憶が甦ってきた…というより、新しく充塡されてきたような奇妙な感覚だが、いずれにせよ、信子は母の話は全部理解できた。

母が嫁入り道具に持ってきた、年代物の小さな鏡台の前に正座し、信子は寝癖のついたお河童頭を二、三度柘植の櫛ですいた。

鏡台の前には、何故か懐かしさを覚える五円玉が一枚置かれていた。ついさっき籐の買い物籠を抱え、夕食の食材を買いに出る母から手渡されたものだ。

昭和二十四年と刻まれた穴なしの五円玉硬貨。穴なしなんて見たことないはずなのに、信子は何の違和感もなく、それを握りしめ、間もなく鎮守の氏神様の境内にやって来る、黒自転車の紙芝居のおじさんにその五円玉を渡し、ほとんど男の子ばかりの中に混じりながら、おどろおどろしい『墓場鬼太郎』を怖々、けれど食い入るように観てるに違いなかった。

信子の紙芝居の目当てはもう一つあって、それが五円と引きかけにもらう駄菓子だった。一筆書きのように、ウスターソースを刷毛塗りしたミルク煎餅も好きだが、今一番の興味はハッカ味のヌキ飴だった。それは動食物や身近な日用品の絵模様を型抜きできるように作った板状の飴。型抜き線どおり正確に切り取れば、ご褒美にもう一枚もらえるのだが、これが至難の業だった。いつもあと一歩のところで、金魚の尾びれの付け根が割れたり、瓢箪のくびれが真っ二つになったりと、信子の知る限り、遊び慣れた年嵩の男の子ですら、一度も成功した例《ためし》がなかった。だから余計意地になって、彼女は紙芝居屋が来る度、今日こそはとヌキ飴に挑戦し続けていた。

信子が暮らす棟割長屋は、村の田圃に水を引くための回廊状の用水路が、その辺りだけ真っ直ぐ流れる場所にあって、各家の勝手口が、辛うじて人一人歩ける幅の狭い通路を挟んで用水路に面し、以前は共同の洗い場として使われていたようだ。今はもう各家水道を使うから、長屋奥の共同井戸と同様、そこで洗い物する人の姿は見かけなくなったが、夏場にネットに吊した西瓜や、近頃流行のミルトンの水溶液を冷やす光景などは、軒先に揺れる風鈴の音色とともに、今でも巡り来る季節を伝えてくれる。

大都市郊外のこの辺りは、戦後の高度成長を背景に、いわゆるベッドタウンとして、急速な宅地造成が進行しつつあるが、何故かこの村には未だ開発の手は伸びず、昔ながらの村落共同体の面影を、今なお色濃く残していた。

子供の信子には真偽のほどはわからないが、いつだか夕餉の食卓を囲んでいたとき、地元中学の教員の父から聞かされた。ここは先史の昔から聚落が形成され、石器や土器製造の拠点として栄えた。奈良時代には国府が置かれ、また村の北を流れる大川は往事、都への水上運輸が盛んで、この村の船着場は、積降ろしの中継地にもなっていた。それ故もし宅地造成のため田畑を掘り起こしたり、河川敷に公園でも整備しようものなら、あちこちから埋蔵文化財が溢れ出て、その都度工事がストップしてしまう。だからこの村には、中々開発の波が来ないのだと言う。

そんな難しい大人の話は別にして、区外にある小学校の通学と共同墓地へ月参りするほか、日常生活のほとんどが自己完結する、この閉じられた世界が、隣近所の年寄り連中のお小言など、時には窮屈さを覚えることはあっても、まるで揺籃の中の微睡みにいるような安堵感を、信子に与えてくれる。だから父母と共に暮らす故里のこの村が、彼女は頬擦りしたくなるほど大好きだった。

　紙芝居の来訪を告げる笛の音が村中に響いた。同じ棟割長屋の子供達の群れに混じって、子供には一回り大きすぎる母の突っかけを、カラコロ鳴らしながら、信子も慌てて路地裏を駆け出した。

　路地を出た信子は、用水路の短い石橋をひとっ飛びに跨ぎ、そして毎朝一気飲みした牛乳の空瓶を、洗って返しに行く牛乳屋兼新聞屋、硬くて食いちぎれないスルメ足や、紅白の舌《べろ》の形をしたペロペロと呼ぶわらび餅を、五円、十円握りしめ、買いに走った米屋兼駄菓子屋、いくら流行の髪型を頼んでも、「ウンウン」頷きながら、いつも勝手にお河童頭にしてしまう散髪屋、最後に魚や肉も扱う八百屋の軒先を、順々に走り抜け、檀家寺の向こうの氏神様の境内へと滑り込んだ。

　氏神様の境内は紙芝居のほか、季節ごとにやってくるアイスクリンやポン菓子、あるいは、盆踊りや秋祭り、はたまた男の子の三角ベースに至るまで、主立った村の行事と子供遊びの檜舞台だった。

ちなみに氏神様の四つ辻の南に、タバコ屋を兼ねたもう一軒の駄菓子屋があった。信子はこの店で、夏は新聞紙の上にそのまま削り落としたカキ氷を、冬場は粉もんのキャベツ焼きを好んで食べた。別に米屋とタバコ屋で協議したわけでもなかろうが、同じ駄菓子屋でも扱う品物がほとんどかぶっておらず、きちんと棲み分けができてたようだ。

フーフー荒い息を吐きながら、信子は目ざとく、先に一等席を確保していた仲良しの同級女子の傍らに陣取った。

炎天下の仕事のためだろう、真っ黒な皺だらけの顔を撫でながら、紙芝居屋のおじさんは境内に集まった子供らの頭数を目算し、自転車の荷台から外した古い木の箱をおもむろに開けた。中には紙芝居の道具のほか、おまけの駄菓子がぎっしり詰まっていた。

さぁ今日こそは、ヌキ飴を完璧に抜き取って、紙芝居屋の鼻を明かしてやる。信子はそう意気込んで、掌にカタが付くほど強く握りしめてきた五円玉を、勢いよくおじさんの目の前に突き出した。

§

二代目桂雲雀こと相田信子は今、大いなる父母の愛に抱かれながら、かつて父母の世代が暮らしたであろう古き良き時代の共同体の揺り籠にいた。子供の頃から願い続け、けれど叶わずに終わった過去の夢物語。それは彼女が生まれるより二昔も前の時代なのに、不思議と懐かしく愛おしい世界だった。

博士の推論どおり、『隠里』は、深層意識と繋がった時空の彼方、異次元の多重亜空間にある非物質の世界に存在した。

『三十石』の老婆を『夢枕』で眠らせた後、われらが暇人部隊は、老婆になりすました『隠里』妖怪の深層意識に潜り込んで、何億光年も続く七色の光のトンネルをワープし、瞬く間に『隠里』へと移動していた。

そこは永遠の桃源郷『隠里』。それぞれがそれぞれの、思うがままの生活を送る。欲すれば、欲するものすべてが現実となる。一〇〇％意識が存在を決定する世界。哲学君が開口一番「Cogito ergo sum（我思う、故に我あり）」と驚嘆し、デカルト哲学の真実を称賛したのも無理はない。

意識がそこに在る物の姿形を決めるのだから、人それぞれに、例えば春爛漫の花畑であったり、オーシャンブルーのマリン・リゾートや、はたまたオスマン帝国のハレムであったり、望みのままの世界が眼前に現れる。そしてその引替条件は唯一つ。生きとし生けるものを慈しむ心があればそれでよい。

『隠里』はそこに棲む者それぞれの、千差万別の世界が共存する。そしてもう一つ、実は

『隠里』の一日も僕らが暮らす世界の一日も同じ時間だった。ただ身体感覚が桁外れに違って、結果的に『隠里』の一日が僕達には千年の長さに感じるということなのだ。いずれにせよ、ここは地球から何億光年も離れた彼方に存在するのだから、ひばりさんの怪談『隠里』の「一日一千」の換算を遙かに超越した世界であることは間違いない。

「ほら、こんなええとこいてたら、世知辛い世の中なんぞ、もう帰りとうないわ!!」

グループ年商二千兆円を超す巨大コンツェルンの創業者に収まった商人君。札束の海に溺れながらそう叫んだ。

ハルクはプロレス界の最高峰、WWC世界ヘビー級王座に君臨し、哲学君はプラトンと肩を組み、古代ギリシアの黄金時代を謳歌。和尚さんは天竺にあり、意気投合した道元禅師と憧れのハーレーに跨がって、曼荼羅宇宙を爆走ツーリング。またダビンチ君は宿敵ミケランジェロと和解し、ルネサンス花開くフィレンツェの街を闊歩した。

そして意外や意外、ただ一人サイコだけが、僕達が暮らす現実世界と違わぬ、いつもの日常風景の中にいた。

『夢枕』モニターに、走馬灯の如く目まぐるしく移り変わる、それぞれの理想郷を眺めつつ、博士は暫し腕組み、沈思黙考していた。

『隠里』は所詮、妖怪・物の怪に支配された魔界の里ではないか。それがすべての者にとって完璧な理想郷だとすれば、神の存在など無用だ。敬虔なクリスチャンでもある博士にしてみれば、今現に仲間が体験している状況を的確に判断するには、少し頭を整理する時間が必要だったのかもしれない。

「このままで大丈夫かな？」

痺れを切らすように、僕は博士に聞いた。よくはわからないが、何だか直感的に危険を感じた。

「マズイ。コノママデハ、『隠里』ニ取リ込マレル」

大きく一つ息を吐いて、博士が答えた。ようやく考えがまとまったようだ。

「麻呂、君ガ『隠里』ニイタラ、何ヲ望ム？」

「僕はこれ以上、何も望まない」

サイコや仲間達と過ごす「おおむね平穏、時々冒険」の日々が、文字どおり僕の理想の暮らしだった。

思うに『隠里』は、それぞれの心の願いを叶える理想郷であるとともに、『隠里』の暮らしに満足した者はその引き替えに、本来人が持つ「抗うが故に夢に見る明日」を失ってしまう。博士が言った取り込まれるというのは、そういう意味ではないだろうか。

「今『隠里』デ、冷静ニ判断ガデキルノハ、サイコシカイナイダロウ」

現世じゃ一番の非常識なのに、魔界じゃ一転、唯一の正常者だとは…皮肉なものだ。

「サイコ、聞コエルカ?」

「な〜に? 博士。いま綾ちゃんに、お小言してるとこなの。なんでも叶う『隠里』なのに、綾ちゃんったら、ダサくて、全然変わんないだもん」

サイコはいったい『隠里』に何しに来たのか。言い返したいが、今はそんな場合じゃない。

「『隠里』ノ妖怪ヲ締メ上ゲテ、早ク熊五郎タチノ居場所ヲ突キ止メテクレ。抵抗スルナラ、預ケタ『ポケット核弾頭』デ、『隠里』ヲ破壊スルト脅セバイイ」

まるで何処かの国の元首がやりそうな瀬戸際外交だ。

「あっ、ごめん。あんまり綾が冴えないもんだから、あれこれかまってたら、お仕事忘れちゃった」

余計なお世話だ。職務に専念しろ。


一口に妖怪・物の怪と言うも中身は千差万別。この『隠里』を操る妖怪…と言っていいかどうか、よくわからないが、その名を『夜道怪《やどうかい》』と称し、中世の高野聖のような質素な遊行僧の出で立ちだった。しかし意外にも、挙措典雅な上、穏やかな京言葉を話した。

「堪忍しとくれやすな。なんし、大王の思し召しやさかい」

サイコが「ヤドカリさん」と呼んだ『夜道怪』。故あって遊行僧に身をやつすが、その正体は九条親房という歴とした公卿の身。京都の産にして魔界五摂家の筆頭、九条家嫡流の由緒ある家柄の出だ。とはいえ身分の軽重はあっても、宮仕えが楽じゃないのは人間界と同じ。冥府を治める閻魔大王の命に、おいそれと逆らうわけにもいかない。

夜道怪さんによると、自分達妖怪・物の怪は『逢魔時』とともに現れ、『日の出』とともに彼方の世界へ消える魔物。その魔物を束ね支配するのが、魔界の王たる閻魔大王その人だ。片や『日の出』後の世界を統べる天界の日の神は、閻魔の統治が行き届かぬ魔物を、直接封印する場合もあるが、魔界は基本的に閻魔の管轄下にある。

『逢魔時』と言い『日の出』と言うも、実態は時を指すのではなく、明暗両極を司る日の神と閻魔大王をそれぞれ象徴する言葉なのだと言う。ただ近頃の人間界、都会は二十四時間ずっと真昼同様の状態が続くこともあり、『逢魔時』でも、何かと妖怪・物の怪が出にくい世の中だと言う。


「しょうがないわね。ならヤドカリさん、わたし閻ちゃんとサシで話すから、案内してちょうだい」とサイコ。

「大王もそのおつもりどす。せやけどお偉いお方やし、お忙しいさかい。普段なら、いちげんの人間さんはあかしまへんのどすが、ここまで辿り着いたご褒美やと、あんさんと和上はんを、特別に案内せいと仰せどす」

なるほど。今回の事件は閻魔大王の差し金か。暇人のメンバーが『隠里』に潜入するところまで、端から織り込み済みの話だったのか。まぁそれなら逆に手っ取り早い。

魔界は人間界より遙かに序列にうるさく、位階等級によって、地位や身分に大きな隔りがあると言う。五摂家筆頭の九条家は累代冥府幕閣に重きをなし、夜道怪こと当代九条親房さんも、現に閻魔大王を補弼《ほひつ》する要職にある。一山いくらの魑魅魍魎など、ひれ伏すばかりの高貴な身分なのだ。にもかかわらず親房さんは、不思議にサイコに対しては、随分謙った物言いをしていた。

魔界は『逢魔時』を支配する、冥府の閻魔大王を頂点としたヒエラルキーを形成する。他方『日の出』を統べる日の神が鎮座せし天上界は、キリストはじめ、仏陀にマホメット、天照大御神に、菅公・楠公に至るまで、八百万の神々すべてが横一線の一並びにある。

ならば生身の人間はと言うと、こちらは各々に宿る守護神の格式により上下が決まる。個人の資質・能力の埒外にあり、無論その者の責めに帰すべき事柄ではないのだが、魔界では今なお、それが貴賤の尺度として罷り通る。

親房さんが言うには、サイコはお稲荷さんの総本山、伏見稲荷大明神を守護神に持つ。最高位の正一位に当たる、いわゆる正一稲荷の大本締めだ。伊勢神宮に次ぐ格式で、従二位の菅原道真よりも上位にある。夜道怪さんが謙る由縁だ。ちなみに弘法大師に扮する和尚さんは正三位。あの坂本龍馬を超え、西郷どんと肩を並べる。やはり和尚さんもただ者ではない。残念ながら、他のメンバーの守護神に位階はなく、従って閻魔大王に拝謁できる身分にはなかった。

ちなみに天界と言い魔界と言うも、単純に背反する両極の世界ではなさそうだ。現にこの『隠里』にしても、直接的には閻魔大王の管轄になるものの、本来ここの住人は天界の極楽浄土へ往くべき善良な人々なのだ。ただ浄土は純然たる精神世界のため、永遠の生命と引き換えに身体とそれに付随する感覚を失う。人は死してなお、有限なるが故に愛おしいと想う者は、自らの意志により、天界ではなく、この『隠里』を選ぶ。

冥府を治める閻魔大王は、三途川を渡った死者に対し、地獄・極楽の裁きはするが、生身の人間や極楽浄土にいる者を、『隠里』に囲うことはできない。それは天界を統べる日の神の専権事項で、越権行為になるからだ。

僕達が思ったとおり、夜道怪さんが手伝いの熊五郎はじめ、上方落語の常連を連れ去って、この『隠里』に隠した。理由はわからないが、日の神の承認を得て、閻魔大王から指示されたことだと、夜道怪さんは言う。

では閻魔大王は何のため、落語世界の住人をここに集めようとしたのか。知りたくば直接本人に聞くしかない。ただし大王に拝謁を請うのは、従三位より上位でなければならない。だから閻魔大王がいる冥府の庁へは、サイコと和尚さんの二人で乗り込むしかなかった。

「熊五郎以下十名の身柄を確保しました」

ダビンチ君がモニター画面から博士に告げた。

サイコに思い切り頬べタをつねられ、夢から覚めたダビンチ君。夜道怪さんから聞き出した『隠里』のゲストハウス「上方落語村」へ急行し、無事熊五郎らの身柄を確保したのだった。

熊五郎らのような仮住まいの者に影響はないが、われらが潜入部隊を含め、『隠里』の一般居住区にいる者は、博士が懸念したように、時間の経過とともに、次第に外部世界の記憶が薄れ、最初からここに生まれ育った者のように『隠里』に取り込まれてゆく。

応急の対処法としては、サイコがしたように、夢かまことか頬をつねれば、一時的に我に返る。だがそれも時間が経てば、返るべき我そのものが失われてしまう。

とは言え理想郷の『隠里』の暮らし。後ろ髪引かれる想いを抱きつつ、土俵入り暇人部隊の面々は、それぞれ所定の任務を果たし、後はサイコと和尚さんに託すのみだ。

拾參ノ章　真実とは…

有刺鉄線のバリケードに囲われた大講堂の上層から、武装した学生達が代わる代わる火炎瓶を投下した。対する機動隊は部隊を増強し、催涙ガスを噴霧しながら、ジリジリと建物の入口へと迫っていた。一九六九年一月、世に言う安田講堂の攻防がいよいよ佳境を迎えた。

朝堂の天井画面一杯に拡がる『浄玻璃鏡《じょうはりのかがみ》』。その臨場感溢れる立体パノラマは、残念ながら博士の16Kが足下にも及ばない、桁違いな迫力の映像と音響だった。

ご存じ『浄玻璃鏡』は閻魔大王が死者を裁くとき、善悪を見定めるため、その者の生前の行状を一挙手一投足に至るまで、事細かに映し出す鏡である。物の本によれば、『浄玻璃鏡』は十中八九水晶玉が相場だが、「冥海トラフ」に備えた庁舎の大規模な耐震改修を機に、閻魔大王ら冥府高官が執務する朝堂の内装も、大幅にリニューアルされ、その際『浄玻璃鏡』も、最新テクノロジーを駆使した天井パノラマに変えられたと、親房さんが教えてくれた。

ちなみに『浄玻璃鏡』を組み込んだ、建物改修の設計責任者は、かのアントニオ・ガウディだと言う。確かに建築の世界に限らず、斯界の権威や名だたる名人上手は、遅かれ早かれ全員、漏れなく一度は冥界に集まる。だからここは、現世と比べものにならないほど、高度に成熟した文化芸術社会を形成している。

話を戻す。夜道怪こと九条親房さんの言葉に従い、冥府の長・閻魔大王に拝謁したサイコと和尚さんだったが、終始上機嫌の大王は、拍子抜けするほどあっさり、熊五郎以下十名の身柄を即刻釈放してくれた。事件は無事解決したというか、閻魔大王は初めからその腹づもりだったのだ。

まぁ何にせよ、熊五郎達は今頃、元の古典落語の住人に戻って、これまで同様、面白可笑しく伸び伸びと、それぞれのキャラを演じていることだろう。

事件は一件落着、無罪放免…なのにどうした加減か、サイコと和尚さんの二人は、閻魔大王にいたく気に入られ、昨夜は大極殿の襖を全部ぶち抜いた千畳敷の間において、文武百官打ち揃い、飲めや歌えのドンチャン騒ぎ。酒池肉林の歓迎の宴が夜を徹して行われた。赤鬼青鬼のどつき漫才や、ヤドカリ親房の安来節、挙げ句は閻魔の屁こき歌まで…数々の余興が飛び出した。酔っ払った和尚さん、いつもの経文扇子で繰り返し閻魔の頭をはたきつつ、得意の裸踊りを披露。そしてアイドル時代を彷彿させる、サイコのキレキレ・バブリーダンスに、座布団はおろか食べかけの重箱・酒徳利まで、所構わず宙を舞った。

そう言えば、二人を賓客として酒席に案内した夫婦と覚しき男女一組の鬼が、最初に和尚さんの顔を見た途端、ボロボロと大粒の涙を流し、「お久しゅうございます、尊師」と三拝九拝を献げた。聞けば、和尚さんは二十四代前の役小角（役行者）、あの霊験あらたかな修験道の開祖の生まれ変わりだと言う。迎えに来た夫婦の鬼は前鬼・後鬼と呼ばれた小角の弟子だった。なるほど。和尚さんの法力が底知れぬはずだ。

閻魔大王はじめ冥府の役人全員、激しい二日酔いに悩まされていた。

今朝方和尚さんは解放されたが、どうしたことか、サイコだけ引き留められ、朝からダイジェスト編集された『浄玻璃鏡』を視聴していた。

先ほど来、映し出されているのは三代目桂燕雀、本名・武田信一郎の空白の十年だった。通例『浄玻璃』は死者の行状を確かめるためのものだ。今回の上映は大王の裁量による特例措置であった。

取り調べのため、留置場から引き出された信一郎は、意外な人物と相対していた。彼の名は上杉輝夫。七〇年安保闘争を全面支援する極左政党の組織部長を名乗り、全共闘会議にも頻繁に顔を出していた。学連共闘幹部から全幅の信頼を得ていた上杉だが、その正体は警視庁公安部の敏腕刑事だった。信一郎が輝夫を知ったのは、彼が身分を偽ったまま、京都府警に出向していたときだから、安田講堂事件で検挙される一年近く前のことだった。


閻魔大王の合図により、『浄玻璃』の映像がいったん停止した。

「『浄玻璃』は事実を映し出す。じゃが、事実は一つとは限らぬ」

二日酔いの胸焼けに堪えながら、閻魔大王は重々しく口を開いた。

「まして事実の解釈は千差万別じゃ。じゃから、これはあくまで、武田信一郎一個人の視点から見た描写に過ぎぬ。それに事実と真実は、まるで別物じゃ」


安田講堂事件から三年後、浅間山荘事件が起き、連合赤軍の幹部全員が逮捕された翌月の出来事だ。信一郎は、小菅に移転して間なしの東京拘置所を訪ねた。未決拘禁された一人の女性に面会するためだった。

その人はかつて「西都のジャンヌ・ダルク」と呼ばれた、西都大学全共闘の女性リーダー。七〇年安保闘争に敗れた後、連合赤軍とは別の過激派組織に身を投じたが、総括の名の下、常軌を逸した猜疑と、繰り返される同胞へのリンチに失望し、組織を離脱。そして断罪のため、自ら官憲に名乗り出たのだった。

安田講堂事件の前年、共闘連携のため西都大に派遣された信一郎は、とある集会で偶然彼女と知り合った。どちらも寄席好きであったのをきっかけに親しくなり、次第に惹かれ合い、帰京後も交際を重ねた。

そこは刑務官立ち会いの面会のため、互いの真情をそのまま吐露するわけにもいかず、言葉少なに信一郎は、約束の証として、彼女に大切な祖父の形見、銀の懐中時計を差し入れた。そのとき彼女は、涙ながらに何かを言いかけ、けれど黙り込んだ。それから半年後、彼女は一時拘禁を停止され、信一郎の子を出産した。

瞑目を装い、うたた寝する閻魔大王を尻目に、再び動き出した『浄玻璃鏡』はなお、信一郎の知られざる過去を映写し続けた。

その後の顚末はこうだ。いわゆる獄中出産と同時に、それが残された最期の使命であったかのように、彼女は二十数年の短い生涯を閉じた。そして彼女の命と引き換えに、この世に生を受けた女の子は、父の名を取り信子と名付けられ、亡き母の遠縁に引き取られた。

生まれくる子のため、まとまった金を作ろうと、信一郎は生野鉱山の出稼ぎ坑夫となり、身を粉にして働いた。出産の知らせを受けた彼が、ありたけの現金を握って、急ぎ病院へ駆け付けたとき、共に生涯を誓った彼女はもう荼毘に付された後だった。彼女の遺言により、生まれたばかりの娘は別の病院へ移され、その後の行方は杳としてわからなかった。そのとき信一郎は心に決めた。金輪際、妻を娶らず、子をもうけずと。

時は過ぎ、信一郎が娘の居場所を知ったのは、先代燕雀の内弟子が明け、次第に頭角を顕し始めた頃だった。そのとき娘の出産に立ち会い、病院移送や養子縁組を世話した人物を知った。その人の名は上杉輝夫。そう、浅間山荘事件の後、警察官の職を辞した、後年の六代目入船亭圓宝だった。

そして娘の信子は大学卒業後、何も知らぬまま三代目桂燕雀に入門。二代目桂雲雀を襲名し、今や一、二を争う上方落語界の人気者となった。

「『浄玻璃』はあくまで、その者の記憶を呼び起こすための道具に過ぎぬ」

一眠りして、表情に精気が甦った閻魔大王は、いつもの威厳に満ちた表情を取り戻していた。

「わしが言うのも変な話じゃが、人の生き様、死に様、その善悪を決めるのは、当の本人しかない。じゃから、人生は、その者の想い次第。他人がとやこう言う筋合いではないのだ」

想いは人それぞれ。ひばりさんも燕雀師匠も、そして圓宝師匠にも、それぞれの真実がある。

「さっすが閻ちゃん、いいこと言うわね！」

隣の貴賓席からサイコは笑いながら、玉座に座った大王の法服の袖を引っ張った。昨夜来のアルコールなど全く残っていない様子だ。並外れた酒豪のサイコには、二日酔いという言葉はなかった。

　思わず相好を崩した大王。こうして対等に言葉を交わせる相手が、何だか嬉しくて仕方ないようだ。

「そなたを見てると、先日生きた妻に、よう似とる」

「こんな絶世の美人、滅多にいないわよ」

「根がお稲荷さんだけに、ほんに上手いこと、化けらっしゃる」

　いつの間にか、十年の知古のように打ち解けた夜道怪の親房さんが、一段低い役席からチャチャを入れた。

　ちなみに閻魔大王が言った「生きた妻云々」は、死後の世界で死んだのだから、否定の否定、生まれ変わって、シャバに戻るということだ。「えっ、死後の世界は永遠じゃないの？」話が複雑になるので、その議論は割愛する（^_^;)。

　朝堂の高い吹抜けから仰ぐ蒼穹は、煌々と輝く三つの太陽のほかは、現世と見紛うばかりの景色だ。地獄と言い、極楽と言っても、単純に光と闇に二分される世界ではなかった。

　朝堂の鐘が正午を告げた。それは冥府の庁に連れられた幾万幾億の死者の、地獄・極楽の別れの喜怒哀楽に、ただ粛々と悠久の時を刻み続けた鐘だった。

「この度は下界の者には、誠に申し訳ないことをした。妻は最期まで、本当のことを言えなかったと、悔やみきれぬ想いを胸に抱えておった。わしゃ、不憫でならんかった」

大王はしんみりとした口調で、真情を語った。

「じゃから、旅立つ妻の、生涯ただ一つの願いを、どうしても叶えてやりたかった」

その妻が今なお、眼前にいるかのように、大王はサイコに向かい、深々と頭を下げた。


娘の命と引き換えに亡くなったひばりさんの母は、数奇な運命を辿り、後に閻魔大王の後妻となった。大王は何事にも毅然とし、それでいて人一倍心根の優しい妻をこよなく愛し、長らく冥府の旧例であった一夫多妻を廃した。妻の助言を治政に活かして、冥府の民主化や経済成長にも積極的に取り組み、高度に成熟した文化国家を築いた。閻魔職の世襲制も廃止し、そろそろ次代を担う者に大王位を譲ろうと思い始めた矢先のことだ。突然、長年連れ添った糟糠の妻を失った。妻との間に子はなかった。

生前、気丈な妻が涙ながらに語ったのは、心ならずも信一郎を裏切ってしまったことと、もう一つは、一人娘のひばりさんのことだった。一度でいい、母を知らずに育った愛しいわが娘を、この胸に抱きしめたい。それが唯一の心残りだと言い残した。

冥府には閻魔大王をもってしても、変えられぬ決まりがある。位階を持たぬ生者は、冥界の結界を越えることができない。唯一『隠里』だけが死者と生者が出会える場所だった。だから燕雀師の比類なき名人芸があったればこそ、命を吹き込まれ、生者と化した熊さん達落語界の住人も、『隠里』に隠すことができたのだ。

閻魔大王の後妻に話を戻す。人は新たな命に生まれ変わるとき、すべての記憶を失う。冥界から現世に戻れば、母子を繋ぎ止めるものは何一つ遺らない。それを不憫に思う大王は、死の床（じゃなく生の床）にある妻を『隠里』に移した。『隠里』の出来事は、たとえ生まれ変わる者に遺らずとも、今を生き続ける者には「未生の記憶」として心に刻まれる。

人は生まれ変わるとき、生から死、死から生、それぞれに相応の準備期間がある。その間に娘のひばりさんが『隠里』を訪ね来るよう、大王が仕向けたのだ。

閻魔大王職には代々、現世に生きる者の潜在意識をコントロールする力が付与される。博士流に表現すると「行動誘導装置」みたいなものだ。譬えは悪いが、燕雀師に命を吹き込まれた落語世界の住人を餌に、暇人メンバーやひばりさんの夢に紛れ込んで、深層意識を操り、『隠里』の世界におびき寄せたという寸法だ。何だか僕達と、やってることの発想は変わらない。

もっとも閻魔大王にも、ひばりさんが『隠里』に来るかどうか一〇〇％の確証はなかったと言う。何故ならサイコの超能力の壁が、大王の遠隔操作を度々跳ね返したからだと言う。なるほど。話半分にしても恐るべしだ。

それから拝謁に当たり、危険物として親房さんに預けたポケット核弾頭ミサイルは、そのまま置いて帰ることになった。博士の能力はどうやら、冥界の最先端技術にも匹敵する高度なもので、大王は「末恐ろしいが、待ち遠しい」と、苦笑いしながら博士の死を待ち侘びた。研究のため是非にと所望されたと、サイコが後で伝えたら、博士は無邪気に喜んでいた。

「迷惑をかけた詫びじゃ。手土産に、そなたの『浄玻璃』も見て帰るがよい。それともう一つ」

意味ありげに、サイコの顔を覗き込んだ閻魔大王。

「そなたの愛しき御仁の守護は、誰あろう、このわしじゃ。冥府の諺にある。『閻魔と稲荷は水魚の交わり』とな。末永う、仲睦まじく暮らせよ」

最後にニッコリ笑って、大王は玉座を後にした。

終ノ章　恩讐の彼方に

其ノ壹

「憶えているか、輝夫？」

「ああ。あれからもう、五十年経ったなぁ」

狭い店内を見渡しながら、輝夫は感慨深そうに答えた。

その一言で、酔狂にも打ち上げ後の疲れた身体を引き摺りながら、夜明け前の高速道を一時間、タクシーを走らせた甲斐があったように、信一郎には思われた。

高瀬川に面した木屋町通の古いビルの地下に、昔からある深夜営業のジャズ喫茶。今も月に一、二度、新京極の夜席に出た後、信一郎はよく一人この店を訪ねる。

安田講堂事件の前、信一郎が西都大全共闘と連携するため、半年近く地元活動家の元に身を寄せていた頃、一日の総括と称し、この店か百万遍のフォーク喫茶に、毎日のように入り浸っていた。

信一郎が最初にこのジャズ喫茶を知ったのは、亡き妻の悦子に誘われ、休日に二人で訪ねたのが最初だ。振り返れば、それが初めてのデートだった。無論その頃の活動家は大手を振って、そんな言葉を口にできるはずもなく、表向きはあくまで組織活動の打ち合わせのためだった。

当時、輝夫と二人切りで膝突き合わせた記憶こそないものの、信一郎は悦子を介し、彼女のグループをサポートしていた、極左党員を名乗る輝夫を知り、その後悦子の同志らとともに、何度もここで輝夫と顔を合わせた。

それぞれの振り返る想いは別にして、彼らの世代にとって、このジャズ喫茶は、かつてこの国が向かうべき未来を夢見て駆け抜けた、熱き時代の象徴であったに違いない。

「すまん。お前には、随分辛い思いをさせたな」

「いや、君の判断は正しかった。それに君は一度も、仲間を裏切らなかった」

「けど、お前、あのとき、おれが父親じゃないかって、疑ってただろ」

そう言って輝夫が笑った。

「でも、すぐに違うってわかったよ。しかし、それからが大変だった」

釣られて信一郎も笑った。

結果的に敵味方に分かれたにせよ、同じ時代を懸命に生きた者同士。だからそんな言葉のやりとりで十分通じ合えた。

「それよか、おぎんちゃんの剣幕には参ったよ」

「君は昔から、ぎんちゃんに頭が上がらなかったな」

「そりゃそうさ。なんたって、あんとき、おぎんちゃんが先代の逆鱗を鎮めてくれなかったら、今のおれはない。六代目圓宝にとっちゃあ、おぎんちゃんは、命の恩人だ。しゃあんめい」

　最後はわざと江戸前口調で、輝夫は戯けて見せた。


　さすがに半世紀前と同じはずもなかろうが、店内奥の大きな木箱のスピーカーは、相当年代物のように見えた。

　スタンダード・ジャズの名盤に替わり、いつの間にか、アングラ・フォークのライブ・レコードが流れてきた。繰り返しかけすぎたためか、雑音が酷く、収録会場の観客のヤジや声援と相まって、歌い手の声が中々聞き取れなかった。とは言え、そんなこんなを引っくるめ、同時代を生きた者には、当時の沸騰した時代の空気を甦らせる、格別な想いが去来した。

　十年ほど前に代替わりした同年代の店主は、口数が少なく、無愛想だが、他に客のない日は、不思議と信一郎の聴きたい曲をかけてくれた。別に頼んだわけでもなく、信一郎が燕雀であろうがなかろうが、珈琲一杯注文すれば、誰にでも同じようにそうするのだろう。

店の代が替わっても、変わらずに受け継がれる深煎りのイタリアンロースト。あの頃は珈琲一杯を頼りに、ああだこうだと明け方まで口角泡を飛ばし、天下国家を論じた。

忘れかけた遠い日を偲ぶように、輝夫は目を細め、口中に拡がる珈琲の苦みを楽しんでいた。

「悦子を裏切ったやつを突き止めるのに、結局十年もかかった。時間が経ちすぎて、なんだかもう、責める気力も失せていた」

「恩讐の彼方…か?」

頭上に垂れる裸電球を見詰めながら、輝夫は悦子を亡くした後の信一郎の苦悩の日々を思い遣った。そして自分も似たようなものだと思った。

人それぞれに正義があり、それぞれに言い分がある。それぞれの正義の裡に在る情念を伏せたまま、正義のみを振りかざす限り、人と人が相容れることはない。信一郎も輝夫も、それが骨身に沁みてわかったから、正義など争う必要もない伝統芸の世界に身を投じ、斯界の第一人者として大成したのだろう。

アナログスピーカーの低い振動に、微かに揺れる裸電球。その薄暗い光の下に、ぼんやり浮かぶ顔二つ。心ならずも相容れずに来た盟友を、今は互いに慈しむばかりだった。

§

『逢魔が刻』落語会が幕を下ろし、東西名人競演の興奮醒めやらぬ中、ハネ太鼓に見送られながら、三々五々に会場を出た観客達。終電を気にしながら家路を急ぐ者、後ろ髪引かれるが如くホールの前広場に屯する者、飲みさしの缶ビール片手に仲間と大阪城のお堀端に消える者など、思い思いの形ではあるが、令和の初めに行われたこの十回記念の『逢魔が刻』は間違いなく、後世の落語史に大きな足跡として記されるであろうことを、誰もが信じて疑わなかった。

また、それとは全く別の意味で、燕雀・雲雀の師弟、いや信一郎と信子の父子にとっても、この日は忘れられない一日となったに違いない。

その夜、明け方近くまで続いた打ち上げの宴席。燕雀・圓宝の両師は、文字どおりしんみりと酒を酌み交わした。そして時折下座へ視線を移し、立派に成長したひばりさんの姿に目を細めながら、互いに頷き合っていた。

巷間犬猿の仲と言われるも、それは根も葉もない風評に過ぎなかった。燕雀師は一足先に落語界へ身を投じた、圓宝師の芸や人柄を尊敬していた。ましてや生涯を誓った妻の一時釈放や、出産・葬儀費の工面やら、何かと妻の面倒を看てくれたことに心底感謝していた。
ただ一点、妻の願いとはいえ、最愛の人の忘れ形見であり、唯一生きる望みだった娘を自分から引き離した張本人だという思いが、長らく心のわだかまりとして残った。結果的に、それが良識ある決断だとわかってはいても、真実を突き止め、感情の整理ができるまで、幾星霜、長い歳月の経過が必要だった。

時は流れ、圓宝師の後を追うように落語家に転身した燕雀師はある日、何の前触れもなく、贔屓筋の養女となっていたひばりさんと出会った。そのときひばりさんは、燕雀師が亡き妻に贈った古い銀の懐中時計を、さも大事そうに肌身離さず持っていた。成長した娘を目の当たりにして、燕雀師は独りよがりな心のわだかまりが、スッとほぐれたような気がした。そして娘が、大いなる家族の愛に包まれながら育ったことを心より感謝した。
その後、ひばりさんは落語家を志し、燕雀師匠に入門を願い出た。もうこれ以上弟子は取らぬと決めていた燕雀師だが、信念を曲げ、彼女の入門を許した。そして生涯真実を伏したまま、芸道において親子となり、ひばりさんを立派な噺家に育て上げようと心に誓った。

一人前になった娘の、二代目桂雲雀の襲名披露の席上、師匠として口上を述べた後、燕雀師はしみじみと感じた。圓宝師が生まれたての娘を自分から引き離したのは、決して亡き妻の遺言だからではない。公安刑事として培った人脈を駆使し、養女に入れる家の家産や交友関係、そして何より家族の人となりを詳細に調べ上げ、恨みを買うのは百も承知の上、娘の幸せを第一に考え、苦渋の決断をしたに相違ない。決して血の繋がりを疑ったからではない。

圓宝師の心の優しさは、浅間山荘事件がなくても、遅かれ早かれ、個人の事情など何一つ斟酌《しんしゃく》しない、体制の人間から外れざるを得なかったことを、燕雀師には誰よりも深く理解できた。

其ノ貳

圓宝・燕雀、東西人間国宝、世紀の和解！

大同団結、一門交流を明言!!

五月の桂燕雀一門『逢魔が刻』東の旅落語会に電撃参戦した入船亭圓宝、一昨日、当社芸能部のインタビューに答え、今後燕雀一門との交流を加速させる旨宣言した。具体的には、両門の交流落語会を東京・大阪・名古屋の三都で定期開催し、また、一年ないし二年の間、一門の若手を交互に里親修行に出す。そのための準備を進めるとのことだ。

一方の桂燕雀も、昨夕、東の旅落語会を振り返る会見の席上、圓宝師と同様の発言をした。巷間囁かれる不仲説を完全否定し、残された人生を落語界の発展に献げると語った。

商人君が、ハルクが出勤途上に買ったスポーツ紙を朗々と読み上げた。Ralph Laurenのポロシャツを着たオシャレな圓宝師と、それと対照的な和装の燕雀師の両人が、笑顔でがっちり握手した写真とともに、五段抜きの記事が大きく紙面に躍っていた。

さすがに「世紀の和解」の見出しは、この種の大衆紙独特の表現だが、如何な駅売りのスポーツ新聞とはいえ、ここまで紙面を割くのは、穿った見方をすれば、絶不調に喘ぐ阪神タイガース記事枠の穴埋めと言えなくもないが、『逢魔が刻』以後の二人の去就が、それだけ世間から注目を集めていたことの証左に違いない。

ちなみに毎日欠かさず当該紙を読むハルクは、一面記事が、昨夜の武道館の長州力引退試合じゃなかったので、少し当てが外れた様子だった。

一つの事件が終結する度に、その顚末を記録するのが哲学君の役目なのだが、彼が名付けた「手伝いの熊五郎以下十名誘拐事件」（捻りも何もないから、サイコの不評を買った）が無事解決して（と言うか、正確には閻魔大王の筋書きどおりに展開し、最後は元に収まっただけのことだが）早一週間が過ぎた。

芦屋川に面した高台にある『暇人クラブ』の事務所にはまた、平穏で退屈な日常が戻っていた。

いいや、変わったこともある。ダビンチこと相田敏一君が正式に暇人メンバーの一員として迎えられた。大学の仕事や芸術活動は今のまま続け、暇人の方は非常勤というか、気が向いたときに顔を出せば良いという仕切りだ。

元々僕達も、事件がなけりゃ皆勤の必要はないのだが、まぁほかにすることもなし。サイコをはじめ毎日仲間の元気な顔を見て、あれこれ駄弁りたいのが本音だ。『隠里』には行けなかったが、思えばここが僕の『隠里』なのだ。

それともう一つ。おかんも今回の貢献…というより日頃の差入れが評価され、暇人の相談役に就任した。実質これまでと何ら変わりないのだが。ハルクは「公私共に上から目線が強くなる」旨異を唱えたが、あっさりサイコに押し切られた。いずれにせよ、ダビンチ君と「ヒョウ柄おぎん」が加われば、鬼に金棒だ。暇人は文字どおり盤石の異能集団にVersion Upした。

思い出したように急に、手にしたスポーツ紙を放り投げ、商人君がムクッとソファーから立ち上がった。

「そや！　あの小切手、どないしたんや？」

ひばりさんから受け取った、例の白地小切手のことだ。

「だっから～」

如何にもウザそうな顔付きで、デスクに座ったままサイコが振り向いた。

「必要経費いくらだったかって、この前、聞いたでしょ。聞いたまんまの金額書いて、とっくの昔、ひばりねぇさんに伝えちゃったよ」

「何すんねん！　そら原価やろ。わてらの儲けは？」

「いいの、いいの、これがいつもの暇人だもん」

一転して、ニコニコ顔のサイコ。

「それに、事件解決したんは、闇ちゃんやもん」

「ソレヲ言ウナラ、事件ヲ起コシタノモ閻魔ダ」

確かにそうだ。

「シカシ今回ノ一件デ、暇人ハ、ダビンチト、オカンヲ獲得シタ。十分過ギル儲ケダ」

さすが博士、中々粋なことを言う。

「いや、おかんは損益だ」ポツリとハルク。

「ああ、忘れていた」

哲学君が思い出したように、スマホの備忘録アプリをスクロールさせた。

「昨日、昼当番のとき、燕雀師匠から直電話があった。これからは、一門会は当然のこと、一門の誰かが出る寄席は、君達全員、いつでもどこでも顔パスだと」

演芸好きのハルクは手を打って喜んだ。また商人君は何を思ったか、机の引出しから、今や幻、年季の入った五玉ソロバンを取り出し、チョチョイのチョイと素早く、何か試算する様子。

「まぁ、しゃあないか。博士の言うとおりや」

ソロバンを置いた商人君が言うには、宣伝効果も含め、ダビンチ君が暇人に加わることのメリット、今後燕雀一門の落語を月一回タダで聴き続けるとした場合の入場料を合わせると、優に一億円を超える儲けになる。諸刃の剣のおかんを減価資産に計上して、この額になると言う。商人君の捕らぬ狸…は有名だが、自分で納得できるなら、それに越したことはない。


遠くから清掃業者のゴミ収集の音楽が、芦屋山手特有の有閑な朝の気怠さを押しのけるように流れた。迂闊にも今まで気付かなかったが、その音楽は少しゆったりした編曲の、あの「オクラホマ・ミクサー」だった。

そう言えば、芦屋の街は家庭ゴミの回収には厳格で、分別違反のゴミには理由を付した警告シールが貼られる。他方、事業系のゴミ収集業者は様々で、うちの事務所が契約した、この「オクラホマ」を流す業者は、ほとんど分別不要だった。当然その分割高になるが、邪魔臭がり屋のサイコらしいと思っていた。でも本当は「オクラホマ」が気に入ったからに違いない。もっとも口が裂けても、素直にハイと言うやつではないが。

「さぁ、事件も終わったし」

改まったサイコの声を聞き、みんなが中央のミーティングテーブルに集まった。

請け負った事件が終結する度、社長のサイコから金一封が出るのが恒例だ。最近は寸志ではなく、後の想い出になるようにと、サイコが自ら選んだ記念の品を渡すのが習わしになった。

「んじゃ、博士からね」

クスクス笑いながら、サイコが差し出したのは、何とビタミンBのサプリと便秘薬だった。記念の品と言っても千差万別、大抵は洒落っ気で選ばれる。

唖然と見返す博士に、サイコは軽くウィンク。

「公私混同しちゃダメよ」

君に言われたくないと返したいところだが、今回はサイコに軍配を上げざるを得ない。勿論僕が国家機密を漏らしたんじゃない。サイコは端から、納豆と糸コンニャクのカラクリを見抜いていたのだ。サイコのことだ。ひょっとしたら今回の事件の顚末も、予知していたのかもしれない。

モヤモヤっと首を捻るハルクには、喜六・清八お伊勢参りの、似顔絵仕立ての喜六のイラスト画。おかんに頼んだ燕雀師匠のサイン入りだ。当然ながら商人君は、同様の清八のイラストだ。

余談だが、サイコには画才がある。これ以上増長されたら困るので、決して本人には言わない。彼女が描いたパステル調の一筆書きの水彩画を、ディスプレイ代わりに何点か事務所の壁に飾ってあるのだが、来訪者の中には相当の金額を提示し、譲ってほしいと言う者もいた。おそらくプロのダビンチ君に褒められ気を良くして、喜六・清八のイラストをプレゼントしようと考えたのだろう。

サイコは続いて、哲学君に「やっぱりコレが似合う」と、バイブルサイズの定番のシステム手帳を、和尚さんには、冥府の宴会で閻魔大王の頭をはたきすぎたため、竹骨が折れてしまったトレードマークの経文扇子の新品を、そして新加入のダビンチ君には、何処から取り寄せたのか、落語や浪曲話で知られる左甚五郎の「竹の水仙」を、順々に手渡していった。

そして最後に残った僕は、てっきり『逢魔が刻』の初高座の絵か写真だろうと予想していたが、あに図らんや（弟知らず）、柴田翔の短篇集『燕のいる風景』の文庫本だった。ははぁ、なるほど、そういうことか。

『逢魔が刻』落語会の翌々日、僕達は燕雀師匠のお宅に昼ご飯の招待を受けた。ひばりさんが台所に立った隙に、サイコから燕雀師へ、手短に『浄玻璃鏡』の話をした。その後生意気にも僕が言った。「ひばりさんは薄々感じています。師匠の口から真実を聞ける日を、きっと待ち侘びています」と。僕にはそうとしか思えなかった。

そのとき傍らにいたサイコが、目立たぬように僕の手をそっと握りしめた。愛しき人を気遣う、その手の温もりを感じる限り、僕は、僕達の未来を信じる。そして同じようにひばりさん父子の未来を信じる。

閻魔大王が言った。『浄玻璃』は事実を映し出すが、事実は一つとは限らない。まして人の解釈は千差万別だ。サイコから聞いた大王の言葉を、僕は反芻した。血縁があるかどうかの問題ではない。燕雀師匠やひばりさんがそう願う限り、二人は本当の父娘だ。それが真実なのだ。

燕雀こと武田信一郎さんがここ、大阪池田の五月山の麓に居を構えたのにはわけがある。五月山は亡き妻・悦子さんの生まれ故郷だ。西都大進学後、親友の獄死を契機に全共闘運動に身を献げ、生前故里を顧みる余裕はなかったが、ただ一度切り、悦子さんは信一郎さんを連れ、五月山のツツジを愛で、子供達に混じって麓の動物園を見物して、束の間の休息を楽しんだことがあった。だからここは掛け替えのない想い出の地なのだ。

それぞれがそれぞれに正義の意味を問い、真摯に闘い続けた青春の日を振り返りながら、燕雀師は最愛の人の故里に居を構え、残り少ない人生をこの地で全うすると心に決めた。一人暮らしには持て余す広い間取りは、いつの日か娘のひばりが結婚し、夫婦子供が揃ってこの家に暮らすことを夢見たからだった。

ひばりさんの手料理をご馳走になった後、暇を告げた僕達を、燕雀師自ら最寄りの駅まで見送ってくれた。

道すがら、孫ほど年の離れた僕達に幾つかの昔話をしてくれた。例えば京都在住の折、悦子さんの誘いで、圓宝師匠と三人、当時新京極にあった富貴寄席を訪ねた。トリの三代目桂米朝の『立ち切れ線香』に感銘を受け、それが後に落語家転身のきっかけとなった。後年、圓宝師も似たようなことを回顧していたと言う。

そんな四方山話の一つに、今も僕らの胸に強く残る言葉があった。

「昔、学生運動華やかなりし頃、当時大学生に人気のあった、柴田翔という作家がいました」

それは僕達にというより、若き日の自分自身に対して、話しかけるふうだった。

燕雀師匠が柴田さんの作品を読んだのは、今から四十年以上昔、三十路を前になお、全共闘時代の過去を引き摺ったまま、明日が見えない日々の中にいたときだと言う。ようやく悦子さんを裏切り、辱めた男の所在を突き止め、真実を吐かせ、自己糾弾させたが、そんなものは明日を生きるための、何の糧にもならなかった。

鬱々とした気分を抱えながら、何気なく立ち寄った本屋の店頭に、ふと柴田さんの短篇集を見付け、手に取った。そして裏表紙に書かれた「未生の現在」という言霊に出会い、それまでの悔恨しかない人生が突然、何故だか丸ごと救われたような気がしたと言う。

人は大なり小なりそれぞれに、生きられなかった過去を持つ。過去を、過ぎ去りし時代と言えば、死んだ子の年を数えることにしかならない。けれどそれが、未だ生まれていない「未生の現在」に変われば、未来への曙光が見えるような気がした。
光と闇は相反するものではなく、転じるものだ。闇の世界を悪として駆逐し、二十四時間過剰な光が溢れる現代社会に真実の灯火は点らない。未来は生きられなかった過去の闇に在り、それを「未生の現在」と言う。それだから燕雀師は、自分の「未生の現在」を、古典落語の世界に求めたのだった。

「落語があるから、ひばりも私も今を生きるとともに、昨日生まれたかもしれない、別の明日を夢見て生きられる」

僕は、時代の渦に巻き込まれながらも、真摯に、懸命に生きてきた者だけが持つ言葉の重みを胸裡に刻んだ。「未生の現在」…僕はこの言霊に籠められた想いを忘れない。柴田さんの文庫本の贈物は、そのとき僕の傍らで、黙って話を聞いていたサイコが、僕と同じ想いであったことの証なのだ。
僕は確信した。サイコと歩む人生の、一瞬一瞬を真摯に生きることが、いずれ振り返る「未生の現在」の心象風景を、きっと豊かなものにしてくれるに違いないと。

§

遥かな水平線が茜色に染まる。長い夏の日が大きく西の海に傾き、それでも僅かな刻を惜しむかのように、二つ三つ、ウィンドサーフィンに興じる日焼けした背中が、夕陽を浴びて、キラキラと輝いていた。

定時に仕事を終え、僕達はいつものように芦屋浜のシーサイド・デッキに腰かけていた。

「綾ちゃん」

芦屋公園の松並木を歩いてきたとき拾った小石を一つ、海に投げて、サイコが口を開いた。

「前にちらっと話したでしょ。閻魔さんに、わたしの『浄玻璃』見せてもらったって」

「だから君はもう、自分の未来がわかってるんだ」

ただし現在進行形の生者の『浄玻璃』は、あくまで未来予測に過ぎないと、閻魔大王は念押ししたと言う。

「聞きたくない？　わたしの未来」

「今はいい。振り返るのは、まだ先でいい。それに…」

僕は少し考えて答えた。

「君の未来は、きっと僕の未来と同じだから」

サイコが『隠里』にいて、特別何も望まなかったように、僕もサイコと二人、こうして寄り添う以上、望むものはない。僕には、今回のように、時として信じ難い事件に遭遇することよりも、気の置けぬ仲間と過ごす日々の、ごく当たり前の風景が堪らなく愛おしい。

何十年か先に振り返る「未生の現在」も、そのときどんな生き方をしているかはわからないけれど、僕の傍らにはきっと、サイコと暇人の仲間達がいるに違いない。

暮れなずむ夕陽に伸びた二つの影法師。いつしか一つに重なって、夜の静寂が優しく二人を包み込んでいった。

著者プロフィール

ながい やん

1958年、大阪府生まれ。

1981年、龍谷大学法学部卒業後、検察事務官として勤務し、2019年3月に定年退官。

大阪府藤井寺在住。

著書に『70年代、僕たちの思春期　ある少女の日記に託して』（新風舎　2006年発行）、『ハイ、こちら、暇人クラブ　徐福のお宝を追え』（文芸社　2009年発行）がある。

（天こ盛り）暇人クラブ Part2

～上方落語を救え！之巻～

2021年5月15日　初版第1刷発行

著　者　ながい やん
発行者　瓜谷 綱延
発行所　株式会社文芸社
〒160-0022　東京都新宿区新宿1－10－1
電話　03-5369-3060（代表）
03-5369-2299（販売）

印刷所　株式会社暁印刷

ISBN978-4-286-22571-5